1

au delà du réel

J'AI LU

PADDY CHAYEFSKY

au delà du réel

(lieux interdits)

traduit de l'anglais par Jean-Pierre Carasso

Éditions J'ai Lu

Pour mon épouse, Suzan
Pour mon fils, Dan

Ce roman a paru sous le titre original :

ALTERED STATES

Bethesda, Maryland
1965

Le caisson lui-même ressemblait fort à un cercueil de deux mètres de large et trois mètres de long. Ce n'était jamais qu'une baignoire de contreplaqué doublé d'aluminium, contenant une solution à 10 pour cent de sulfate de magnésium dans l'eau, pour accroître la flottabilité. L'eau était maintenue à une température de 34° C, température à laquelle les effets de la gravité sont le moins sensibles pour un corps flottant. Chaque matin, un volontaire venait de la base aérienne Andrews, se déshabillait et, tandis qu'un étudiant en médecine de l'université John Hopkins lui faisait plusieurs prises de sang, Jessup lui posait les électrodes de l'électroencéphalogramme et de l'électrocardiogramme. On notait son rythme cardiaque, son pouls, sa tension, son galvanisme épidermique. Après ces préparatifs, le sujet pénétrait dans le caisson et s'allongeait dans l'eau. Jessup et son assistant replaçaient le couvercle du caisson et passaient dans la salle de commande et d'observation. A l'intérieur du caisson, le volontaire flottait dans l'obscurité et le silence absolu, effectivement privé de toute stimulation sensorielle, seul, isolé.

Au début, on avait présumé que le fait d'être enseveli dans les ténèbres et le silence d'un appareil fort semblable à un cercueil entraînerait des réactions paranoïaques et, à tout le moins, une forte anxiété. Mais, en règle générale, cela ne se produisit pas. Au cours des deux années que Jessup avait passées à Bethesda, cinq sujets seulement sur soixante-deux avaient montré des signes d'anxiété, ouvert le couvercle à charnières du caisson et demandé à cesser de participer à l'expérience. Ce que les autres disaient avoir connu allait du simple agrément à l'euphorie. Tout se passait comme s'il suffisait de priver un homme de stimuli externes pour déclencher toute sorte de stimuli internes nouveaux. L'ensemble des sujets, y compris ceux qui avaient renoncé à l'expérience, disaient avoir ressenti très vite des troubles de l'orientation spatiale et temporelle. Le sentiment de claustration disparaissait rapidement et, au bout d'une demi-heure, les sujets étaient incapables de dire s'ils avaient séjourné dans le caisson dix minutes ou deux heures. La plupart des sujets disaient avoir connu une intense excitation sensorielle, plus particulièrement dans le domaine des fantasmes sexuels. Plusieurs sujets avaient même connu l'orgasme. Quarante-neuf sujets avaient eu des hallucinations et presque tous disaient avoir expérimenté une clarification de leurs processus mentaux, voire, chez certains, l'apparition de nouveaux modes de pensée. Autrement dit, leur pensée, normalement linéaire et logique, devenait holistique et synthétique. Ils accédaient à une perception gestaltiste des choses. Certains avaient été capables de résoudre instantanément des problèmes d'algèbre compliqués qui auraient normalement dû faire l'objet d'une résolution par étapes. La réaction la plus commune était un sentiment de repos profond accompagné d'un intense regain d'énergie. Ces données subjectives trouvaient confirmation dans les relevés électroencéphalographiques. La phase initiale de l'expérience était marquée par une modification très nette et générale des tracés de l'électro-encéphalogramme. Quelques minutes après le début de l'enregistrement, des ondes alpha de 40-50 V, 11-12/sec., faisaient leur apparition dans toutes les régions. Au bout de quinze minutes, on notait un accroissement de l'amplitude alpha pouvant atteindre 30-70 V, principalement dans les régions frontale et centrale. Après une demi-heure, des ondes rythmiques de 7-8/sec. faisaient leur apparition puis, brusquement, apparaissaient des trains d'ondes thêta (6-7/sec., 70-100 V). Ce tracé présentait une similitude frappante avec le relevé encéphalographique des prêtres zen en méditation.

Quoi qu'il en soit, le 19 novembre 1965, Jessup décida de tenter l'expérience lui-même. Le programme de recherche qu'il avait entrepris pour la NASA était terminé. Il travaillait à la rédaction du rapport final. Le caisson n'était pas utilisé. A 11 h 30 du matin, ce jour-là, il pénétra dans la salle du caisson, emplit ce dernier d'un mètre d'eau, vérifia la température, ôta ses vêtements, grimpa dans le caisson, dont il referma sur lui le couvercle, et s'allongea dans les ténèbres liquides et parfaitement silencieuses.

Au début, il connut un certain nombre de distractions d'ordre physique. Il craignait que sa tête ne s'enfonçât dans le liquide, qui lui pénétrerait alors dans les oreilles. Il sentit ses orteils et ses doigts se couvrir progressivement de petites rides. Il agita les pieds pour créer des remous, s'accrochant avec une étrange frayeur aux derniers restes de sensations externes encore possibles. Il eut un certain mal à trouver une position confortable avant de se décider à replier les bras derrière la tête. Si la sensation d'enfermement était intense, il était beaucoup plus frappé par le caractère absolu de l'obscurité ambiante. Dans la pièce la plus ténébreuse, on s'attend toujours, l'accoutumance aidant, à trouver une lumière, si faible soit-elle. Là, la lumière était complètement absente, ses yeux ne pouvaient s'accoutumer à rien. L'obscurité était totale et durable, le silence soudain. Cette intrusion abrupte du silence était palpable, vivante et constituait un véritable choc. Il eut peur. Personne ne savait qu'il était là; et s'il ne parvenait plus à soulever le couvercle? Il n'y avait qu'un mètre d'eau dans le caisson, mais il avait cessé d'en être sûr. Il avait le sentiment de flotter à la surface d'une obscurité sans fond. Il avait le sentiment de suffoquer. Il avait le sentiment qu'il était en train de se noyer. Une peur panique, jaillie de son for intérieur, balaya son corps blanc, son corps nu, suspendu dans le liquide. Puis elle disparut aussi subitement qu'elle était venue, comme si elle le quittait pour se perdre dans l'eau. Il eut presque la vision de la liquéfaction de ses craintes, verdâtres et parfois visqueuses, de leur lente dissolution dans l'eau qui environnait son corps pâle. Brusquement, il se rendit compte qu'il voyait, désormais, au sein des ténèbres absolues. De fait, la lumière abondait, presque éclatante. Le grain ligneux des parois du caisson, sous le revêtement d'aluminium, prit alors des formes vivantes. Il eut soudain l'image d'un foulard vert, l'un de ces carrés d'étoffe à motif religieux sur lequel était peint le visage du Christ, d'une pâleur crayeuse à l'exception de deux petits ronds vermillon sur les joues, le front ceint d'une couronne d'épines. Puis il eut la vision instantanée d'un paysage surréaliste qui s'étendait à l'infini, ruban de plage d'un blanc éclatant sur laquelle son corps nu se détachait, grassement souligné d'encre noire. Mon Dieu, songea-t-il, voilà que j'ai des hallucinations.

Il nota avec intérêt que, tout en ayant des hallucinations, il n'avait rien perdu de sa conscience rationnelle. Il savait qu'il était Edward Jessup, qu'il reposait à l'intérieur d'un caisson d'isolement à Bethesda, dans le Maryland, et qu'il était la proie d'hallucinations. Il se demanda quels mécanismes physiologiques précis produisaient les hallucinations. Une page d'un manuel de physio apparut sur l'écran d'un ordinateur devant ses yeux. Il lut : « Les hallucinations visuelles sont suscitées par l'excitation spontanée de diverses régions cérébrales. » Formulation qui lui sembla remarquablement ampoulée. Brusquement, tout devint rouge, de la couleur de la rage. Il se sentit hurler : « Quelles régions cérébrales? Qu'est-ce que tu racontes? » Puis il vit l'image d'un groupe de neurones, des neurones en sommeil, effectivement recroquevillés sur eux-mêmes dans l'attitude du sommeil, assoupis dans une obscurité discrète. Le sens de cette vision était clair : ces neurones étaient stockés dans une quelconque banque de notre ordinateur mental; c'était des perceptions glanées çà et là au cours de la vie et extraites, après sélection, de notre conscience rationnelle – c'était l'étoffe des rêves. Ils attendaient d'être activés, mis à feu.

Quelque chose lui apparut avec une clarté immédiate, aveuglante. En dehors de la plage, l'imagerie de ses hallucinations était d'une nature physiologique. Selon toute apparence, on introduit dans l'hallucination les composantes de sa vie ordinaire. Il était physiologiste. Par conséquent, ses hallucinations revêtiraient une forme physiologique. Voilà qu'il se mettait à contempler son propre cerveau, à se mouvoir à travers la masse grisâtre des neurones en ébullition, soucieux d'abord d'une curieuse contradiction. Dans la mesure où ses hallucinations et la conscience qu'il en avait étaient deux produits de son propre cerveau, comment se faisait-il que

celle-ci pût observer celles-là avec détachement, plus particulièrement maintenant que la conscience qu'il avait de lui-même était en train de prendre la forme d'un vagin gonflé, en état d'excitation manifeste, à l'intérieur duquel son corps tout entier plongeait en tremblant d'espoir. Le vagin se changea en l'image très réaliste, extraordinairement visuelle, d'une jeune femme sans visage et pourtant belle, vautrée sur la blancheur éternelle de la plage, tordue de sensualité. Et lui-même était là, avec elle, sur la plage, lui-même se tordait dans un abandon qui ne lui ressemblait vraiment pas et se jetait sur elle, en elle, sauvagement, librement, joyeusement, violemment. Il remarqua que le visage de la fille était celui de Jésus-Christ, celui du foulard, mais tordu désormais par le plaisir sensuel, malgré les épines qui couronnaient toujours son front. Dans un grand éclair écarlate, l'orgasme de Jessup explosa, le submergea. Il se retrouva brusquement dans le silence noir du caisson, flottant sans effort, serein, paisible – conquis.

Il se redressa dans le mètre d'eau et poussa sur le couvercle. Il s'ouvrit sans la moindre difficulté. Tout dégouttant d'eau, il sortit du caisson en titubant un peu et se retrouva dans l'obscurité de la salle insonorisée. Ses vêtements et une serviette de bain étaient toujours dans un coin de la pièce, là où il les avait posés. Il se sécha avec des gestes langoureux. Au bout de quelques instants, il se sentit prêt à allumer l'éclairage tamisé de la pièce pour revenir à la réalité extérieure. Il était très content de lui, étrangement voluptueux. Il éprouvait un grand plaisir à se frotter avec la serviette. Tirant sa montre-bracelet de la poche de son veston, il tenta de lire l'heure dans la semi-obscurité. Il était apparemment 5 h 42. C'était absurde; ouvrant la porte de la salle qu'il avait fermée à clef, il passa dans le corridor éclairé, oublieux de sa propre nudité, et regarda de nouveau sa montre. Il était 5 h 43. Il avait passé plus de six heures dans le caisson. C'était extraordinaire.

New York, Nairobi, Simla, Boston 1967-1975

Ce fut à New York, dans une soirée que donnait Arthur Rosenberg, qu'Emily Jessup rencontra son mari pour la première fois. On était à l'automne 1967. Rosenberg, qui venait de se marier, habitait un trois pièces au coin de la 97e Rue et de West End Avenue. Quelques jeunes intellectuels étaient réunis chez lui pour une soirée sans surprise : Janis Joplin en sourdine sur la stéréo et joints qu'on passait de main en main. Il y avait là deux biochimistes, un généticien, une femme peintre enceinte (Mrs Rosenberg), un sculpteur, un pharmacologiste (Rosenberg), une anthropologiste et un psychophysiologiste. L'anthropologiste était Emily, qui préparait alors une thèse sous la direction de Holloway, à l'université de Columbia. A vrai dire, elle avait déjà présenté sa thèse et attendait dans l'angoisse le verdict du jury. Elle avait vingt-quatre ans et était fort jolie. C'était une jeune femme blonde aux cheveux coupés court, pleine de confiance en soi, toute en jambes et vêtue de blue-jeans fort ajustés sur les hanches. A croire que l'anthropologie attire les jolies femmes. Le psychophysiologiste était Edward Jessup, il avait alors vingt-huit ans, était de taille moyenne, de carrure assez frêle, pâle de teint, très blond de chevelure, avec des traits fins qui semblaient brûler d'un feu intérieur. Il portait des lunettes à fine monture d'or qui lui donnaient l'air un peu pincé et conféraient à son visage une austérité calviniste. Emily lui trouvait beaucoup de séduction, mais un peu à la manière d'un moine. Il venait d'avoir son doctorat et enseignait la physiologie à la faculté de médecine de Cornell. Il travaillait sur la schizophrénie avec Rosenberg et un clinicien psy du nom de Hobart, à Payne Whitney. Et Rosenberg et lui poursuivaient aussi, à titre privé, des recherches personnelles sur la privation sensorielle et l'isolement. Cela faisait un moment qu'Emily l'avait repéré. Il s'était casé tout au bout du canapé du salon à 9 heures et n'avait pratiquement pas desserré les dents de la soirée. Elle trouva une toute petite place à côté de lui et lui dit :

– Arthur dit que vous êtes très timide et il m'a demandé de vous faire sortir de votre coquille.

– De ma coquille? dit Jessup. Voilà qui ne ressemble guère à Arthur.

– S'il faut vraiment vous le dire, reprit Emily, il a dit que vous étiez assez puant, que vous ne vous preniez pas pour une merde, qu'il vous arrivait de déconner mais que vous êtes un type absolument remarquable. Il a dit que vous vous intéressiez ensemble à la privation sensorielle et aux caissons d'isolement et que vos recherches étaient probablement les seules sérieuses dans ce domaine. Il a dit que vous aviez commencé à ébaucher une méthodologie de quantification des expériences intérieures. Il a dit que vous étiez le physiologiste qui monte et que vous aviez reçu des offres de Harvard, du Michigan et de Stanford. Il a dit que si jamais j'arrivais à vous faire parler, je serais fascinée.

Jessup approuva de la tête.

– Voilà qui ressemble déjà plus à Arthur.

Pour lui, la conversation était apparemment terminée. Croisant les mains sur ses genoux, il s'ab-

sorba dans leur contemplation. Elle lui demanda le genre de travaux que Rosenberg et lui poursuivaient à Payne Whitney. Il répondit :

– Des histoires de métabolite toxique. Nous reproduisons plus ou moins la démarche de Heath et de Friedhoff, pour tenter de trouver des substances non répertoriées qui seraient spécifiquement liées à la schizophrénie. Je crois que nous nous mordons la queue. Nous recherchons un agent étiologique unique produit par un mécanisme pathogène unique.

Il avait prononcé tout cela du ton de l'évidence, comme s'il s'attendait à ce qu'elle sût parfaitement de quoi il parlait. Elle lui déclara n'avoir pas compris un traître mot de ce qu'il avait dit.

– Bon, soupira-t-il, répugnant manifestement à poursuivre, nous tentons d'établir que la schizophrénie possède une physiologie différente de la normale. Je n'ai rien contre. Dieu sait qu'il existe des tonnes d'arguments à l'appui. Je crois seulement que la transméthylation n'est pas le moyen d'y parvenir, et je n'ai pas le sentiment que la schizophrénie puisse se réduire à un agent unique. Ecoutez, tout ça ne vous intéresse pas vraiment, parce que Dieu sait que moi... si Arthur vous a dit que vous me trouveriez intéressant, j'imagine qu'il pensait plutôt au travail que nous sommes en train de faire sur la privation sensorielle et les caissons d'isolement. Voulez-vous que je vous parle de ça?

– Oui, dit-elle.

– Je ne suis pas à mon aise dans ce genre de soirée, dit-il. Voulez-vous aller prendre un café quelque part?

Ils allèrent dans une cafétéria à l'angle de la 86e Rue et de Broadway. Jessup lui raconta comment il en était venu à s'intéresser aux études sur l'isolement, qu'il avait toujours considérées et considérait encore comme plutôt fantaisistes. De son propre aveu, il était le type même du chercheur hyper-classique, parfaitement conformiste et porté sur les expériences de laboratoire. A l'origine, il s'était promis à l'étude de la dominance latérale des hémisphères cérébraux, espérant entrer dans l'équipe de Sperry, à l'université de Californie. On lui avait soudain offert la possibilité de préparer un doctorat sous la direction de Gregory Hayworth, qui dirigeait le département des sciences du comportement de la NASA. Hayworth étudiait alors les divers aspects du stress en condition d'isolement. Le programme spatial était tout naturellement intéressé à l'étude de l'état psychologique que connaîtraient les astronautes enfermés pour de longues périodes dans un espace extrêmement confiné. Les crédits pleuvaient. On n'a pas souvent l'occasion de travailler avec des chercheurs de l'envergure de Hayworth ni de se voir offrir des crédits aussi alléchants. Jessup s'était donc retrouvé à Bethesda, dans le Maryland, dans une annexe du National Institute of Health (NIH), face à face avec un caisson d'isolement.

Il avait fait la connaissance d'Arthur Rosenberg à Bethesda. Ce dernier travaillait de l'autre côté de la rue, dans un laboratoire du NIMH, où il étudiait les effets du LSD sur les schizophrènes. On était en 1964 et le LSD était encore considéré comme une drogue thérapeutique intéressante, objet de recherches sérieuses. Jessup avait été frappé par la similitude des effets psychologiques de l'isolement en caisson et de l'administration de LSD et d'autres drogues psychédéliques. Il se mit en quête de ce qui avait été écrit sur le sujet. Il n'existait pas grand-chose concernant l'isolement et la privation sensorielle en dehors des quelques études consacrées au lavage de cerveau qu'avait financées l'armée dans le

sillage de la guerre de Corée. Il existait en revanche une littérature volumineuse, voire chaotique, à propos du LSD – quelque quinze cents articles. La diversité des expériences que connaissent les sujets sous LSD confine à l'anarchie, expliqua-t-il à Emily. Certains voient des choses brillamment illuminées. D'autres constatent que le monde est envahi de ténèbres. Certains atteignent à la jubilation, d'autres sombrent dans la paranoïa. Certains retrouvent des souvenirs dont ils avaient perdu conscience, d'autres voient l'avenir. Il en est, enfin, qui ne ressentent strictement rien. A l'évidence, le principal problème auquel se heurtait toute recherche dans le domaine de l'expérience intérieure et de l'altération des états de conscience tenait à leur caractère subjectif et au fait que la communication entre sujet et expérimentateur était rarement satisfaisante. On amène un sujet à altérer sa conscience normale en l'enfermant dans un caisson d'isolement, en lui administrant un agent pharmacologique ou encore par l'hypnose ou la transe. Ce qu'il expérimente alors est entièrement personnel, voire suprapersonnel. Les visions, les hallucinations, les distorsions et les difformités de ses facultés cognitives lui appartiennent entièrement et il est souvent incapable de les communiquer. Quand il reste en mesure de les communiquer, c'est fréquemment l'observateur qui s'avère incapable de les comprendre. Il faut ajouter qu'il n'existe aucun moyen de savoir si l'information communiquée par un sujet décrivant ses propres états intérieurs est véridique, valide ou correctement décrite. N'étant pas susceptibles de répétition par l'expérimentateur, ces informations ne sont pas susceptibles de vérification.

Il était apparu à Jessup que l'univers tout entier de la conscience et de l'expérience intérieure faisait l'objet d'une exploration inadaptée. Les travaux en cours étaient tous le fait de radicaux, c'était un prolongement de l'esprit de contestation des années 60; tout cela était polémique par nature, en réaction entre les tenants de la psychologie officielle, teinté par le messianisme de Timothy Leary. Il y avait quelques chercheurs de valeur, Tart, Ornstein, Deikman, mais la plus grande part de tout cela était politique et non scientifique. Il s'agissait surtout d'attaquer Jensen et les behaviouristes, la science occidentale, d'exalter l'irrationnel et l'intuitif au détriment du rationnel et du mesurable. Ce qu'il fallait faire, avait songé Jessup, c'était mettre au point une quelconque méthodologie permettant l'étude des altérations de la conscience dans les conditions contrôlées du laboratoire. A cet égard, le caisson d'isolement semblait l'appareil le plus efficace. Au contraire des drogues psychédéliques, il n'excluait pas la volonté. L'expérience d'un sujet en caisson peut faire l'objet d'un contrôle, voire d'une programmation, aussi bien par le sujet lui-même que par l'observateur-expérimentateur. On est en mesure de déterminer effectivement l'espace intérieur que l'on désire explorer. Et, à l'inverse de ce qui se produit sous hypnose, le sujet demeure toujours conscient. Voilà pourquoi, en 1966, Jessup avait suivi Rosenberg à la faculté de médecine Cornell, de New York, qui possédait un caisson d'isolement dans ses sous-sols. Chaque mercredi soir, à tour de rôle, Rosenberg et lui s'installaient dans le caisson. Ils étaient passés maîtres en la matière. Ils avaient déjà mis au point une demi-douzaine de voyages en caisson qu'ils étaient l'un et l'autre capables d'effectuer à volonté. Il leur suffisait de se programmer en conséquence.

– Quel genre de programmes? demanda Emily.

– Eh bien, nous avons par exemple un voyage qui

est une espèce de régression ontogénétique. On se programme pour un retour à la matrice et, au-delà encore, jusqu'à la première cellule de la conception. On peut ainsi réexpérimenter l'explosion de sa propre naissance. C'est comme si l'on remontait le temps, traversant les couches successives de sa propre personne jusqu'à la cellule originelle. Arthur et moi avons enregistré tout ça. Ça vous plairait d'écouter quelques-unes de nos bandes?

– Et comment!

– Le mieux serait à vrai dire que vous fassiez vous-même l'expérience d'un voyage dans le caisson.

– Terrible!

– Nous avons un programme qui colle bien avec vos propres préoccupations. Il s'agit de retourner à travers le temps jusqu'aux os fossilisés d'une créature proto-humaine du pléistocène. On se retrouve en train de crapahuter à travers les savanes de l'Afrique des premiers âges.

– C'est fantastique, murmura Emily.

– Mais attention, il faut de la méthode. Il ne s'agit pas simplement de s'envoyer en l'air. La première demi-heure, parfois une heure entière, est consacrée à créer un état de suspension. Il faut laisser son corps se déployer dans l'eau. Trouver l'instant où l'on se débarrasse de la gravité. Sentir que le corps se sépare de la conscience de telle manière qu'il devient une conscience en soi et que cette conscience du corps se retire lentement de l'agitation de la conscience rationnelle jusqu'à ce que le silence soit devenu totalement silencieux et l'obscurité totalement noire. Le sentiment de claustration créé par les parois du caisson doit perdre tout caractère spatial; le temps disparaît, tout devient un. C'est un instant de concentration absolue, sans intelligence ni volonté; on atteint à la pure essence.

C'est le plus profond nirvana qui se puisse concevoir.

– Putain! dit Emily.

A 2 heures du matin, le gérant de la cafétéria les mit à la porte et ils allèrent chez Emily, un trois pièces au deuxième étage d'un vieil immeuble de la 105e Rue, près de Riverside Drive, qu'elle partageait avec une autre étudiante. Ils allèrent dans la chambre d'Emily, fermèrent la porte et se jetèrent aussitôt l'un sur l'autre. Ce fut une expérience explosive pour Emily. Il l'entreprit avec la ferveur d'un flagellant, l'assaillit avec un zèle rugueux et presque fanatique mais qui ne semblait pas la viser directement. Elle, qui s'était attendue aux tâtonnements d'un universitaire inhibé, se retrouvait harponnée par un moine enragé. Levant les yeux vers lui, elle aperçut ce pâle visage ascétique au-dessus d'elle, les yeux grands ouverts comme s'il recevait Dieu.

Dans un moment de calme entre deux assauts, dans la chambre obscure, dans le désordre des draps, elle assise adossée à la tête du lit, lui vautré à plat ventre, elle examina son visage d'ombre. Même sans ses lunettes, même les yeux fermés, même assoupi dans le repos qui suivait le coït, il semblait habité de quelque passion glacée. Rosenberg lui avait dit que c'était un type supérieurement intelligent; elle se demanda si elle n'était pas par hasard en train de regarder une ombre de génie.

– A quoi penses-tu quand nous faisons l'amour? lui demanda-t-elle.

– A Dieu, à Jésus, à des crucifixions.

– Bah, tant que ce n'est pas à une autre femme... dit-elle.

– J'étais très religieux, quand j'étais gosse, marmonna-t-il dans les draps.

Il ouvrit les yeux, se redressa sur un coude.

– A neuf ans, j'avais des visions. Des anges, des

saints et même le Christ. Il m'apparaissait de diverses manières merveilleuses. Je le voyais avec les yeux de la foi, cloué sur la Croix, les vêtements trempés de sang. J'avais des transes. Il y a même eu une petite église d'adventistes de la Pentecôte, à Yonkers, qui a organisé une espèce de culte autour de moi. On venait de partout voir ce gamin de neuf ans qui avait des visions du Christ.

– C'est de là que tu es, Yonkers?

Il se retourna sur le dos.

– Ma mère y vit encore. Il faudra que tu la rencontres un jour. C'est une psychologue médicale. Mon père est mort. Il était ingénieur dans l'aéronautique. Tous deux étaient des athées militants. Ça les effarait d'avoir un fils de neuf ans qui avait des visions et des transes. Ils m'ont traîné chez tous les psychiatres du comté de Westchester. Quand j'ai eu quinze ans, j'ai dit à mon père que j'avais la vocation du ministère et que j'allais entrer au séminaire. J'ai cru qu'il allait pleurer. J'aimais beaucoup mon père. Il est mort quand j'avais seize ans.

– Et comment un gosse de seize ans qui a des visions finit-il par enseigner la physiologie à la fac de médecine Cornell?

– J'ai perdu la foi. Ça a été tragique. Mon père est mort d'une mort horrible, d'un cancer long et douloureux. Tous les jours, en sortant du lycée, je courais à l'hôpital et je m'asseyais dans sa chambre pour faire mes devoirs. Il était évidemment sous sédatif. Les dernières semaines il est entré dans le coma. Un jour, j'ai cru l'entendre dire quelque chose, j'ai levé les yeux. Ses lèvres remuaient mais il n'en sortait aucun son. Il avait le visage jaune, cireux, sur l'oreiller blanc, et ses lèvres remuaient. J'ai vu une petite bulle se former sur ses lèvres. Je me suis levé et je me suis penché sur lui, l'oreille à deux ou trois centimètres de ses lèvres. J'ai demandé : « Tu as dit quelque chose, papa? » Ses lèvres ont remué de nouveau et j'aurais juré qu'il tentait de dire quelque chose mais aucun son n'en sortait. J'ai encore rapproché mon oreille de ses lèvres. Alors j'ai entendu le mot qu'il essayait si désespérément de dire, c'était plus un sifflement très doux qu'un mot. Il disait : « C'est terrible... c'est terrible! » Donc la fin était terrible, même pour les gens aussi bons que l'était mon père. Le but de toutes nos souffrances, c'était donc plus de souffrance encore. A l'heure du dîner, j'en avais fini avec Dieu. Jamais plus je n'ai eu de visions. En dix ans, je n'en ai jamais parlé à personne. Je te raconte ça aujourd'hui parce que je veux que tu saches le genre de cinglé avec lequel tu risques de t'engager.

Ils se dévisageaient mutuellement dans la chambre obscure.

– Arthur avait raison, dit-elle. Je te trouve vraiment extraordinaire.

Il se mit à lui faire la cour. Ils allèrent voir des tas de films dans les salles de la 3e Avenue. Rosenberg les convainquit de participer à une manifestation pour la paix au Vietnam dans la 5e Avenue. Ils se vautrèrent dans la salle de séjour de tout un tas d'autres jeunes universitaires où l'on fumait du hasch en écoutant Jimi Hendrix. Ils se voyaient presque chaque jour. Jessup venait généralement vers l'heure du déjeuner la chercher à son bureau de Dodge Hall. Ils traversaient le campus en flânant pour aller au *Chock full o'Nuts* de Broadway. Un jour, ils traversèrent ainsi l'une des émeutes qui secouèrent l'université de Columbia en avril 1968, remarquant à peine les nuées de flics qui poursuivaient les étudiants, indifférents au fait que la moitié des bâtiments de l'université étaient occupés par de jeunes enragés qui se penchaient aux fenêtres en agitant des drapeaux anarchistes. Ils étaient l'un comme l'autre totalement tournés vers leur travail et leur carrière. Ils ne parlaient pratiquement de rien d'autre, même dans la queue des cinémas, même au cours des manifestations, même au milieu des émeutes qui se déchaînaient sur le campus – même au lit.

Un jour, elle se rendit à Payne Whitney pour voir un peu ce que Rosenberg et lui fabriquaient avec leurs schizophrènes – expérience qui la troubla. Elle rejoignit Jessup derrière un miroir sans tain où l'on pouvait observer la salle d'expérience, une pièce austère au sol carrelé, aux murs blancs, aux fenêtres masquées d'un lourd treillage métallique. Deux ampoules nues pendaient du plafond haut. Un laborantin introduisit une jeune femme de vingt-cinq ans vêtue d'une chemise d'hôpital et de nu-pieds de caoutchouc mousse. Elle avait cette expression étrangement aiguë qui caractérise la folie et traînait les pieds en poussant de petits gloussements ricanants. Ils la firent asseoir sur une chaise de bois au milieu de la pièce et Hobart, le psychiatre, Rosenberg et un étudiant en médecine, vêtus tous trois de blouses blanches, l'assaillirent pour lui prendre du sang, sa tension, et lui poser les électrodes d'un électro-encéphalogramme. Tirant une seconde chaise, Hobart s'assit devant elle et entreprit de lui poser des questions qu'il lisait dans un gros bloc-notes à feuilles volantes. Elle n'eut aucune réaction. Elle gloussait, traînait les pieds et faisait de petits mouvements ineptes avec les mains.

– Dans quelques minutes, expliqua Jessup à Emily, ils vont lui injecter 75 milligrammes de diméthyltryptamine et elle va « partir » pendant quarante minutes environ. La modification de son comportement sera remarquable.

C'était le moins qu'on en pouvait dire. Moins d'une minute après l'injection, la folle cessa de glousser et de traîner les pieds, ferma les yeux et se raidit sur son siège comme si elle entrait en transe. Hobart reprit la litanie des questions qu'il tirait de son bloc-notes. Elle répondait, désormais; mais quand on lui demanda d'effectuer quelques tâches simples, dessiner un triangle sur une ardoise, par exemple, elle fut tout juste capable d'y tracer un trait. Jessup planta brusquement Emily sur place et se glissa dans la salle d'expérience pour se pencher au-dessus de l'électro-encéphalographe et suivre le tracé de ses stylets. Quelques instants plus tard, il était de retour.

– Les tracés font apparaître une accélération du rythme alpha, dit-il à Emily et, par intermittence, un tracé d'alerte et divers autres rythmes qui appartiennent en propre au système limbique. Un certain nombre de nos patients présentent des tracés de ce genre. Il est difficile d'en tirer une conclusion. Mais il semble bien exister une similitude assez grande entre leur électro-encéphalogramme et celui des yogi en méditation ou des sujets que j'ai étudiés en caisson, à commencer par moi-même. Imagine que l'on cesse de considérer la schizophrénie comme une maladie et qu'on se mette à l'envisager comme un état de conscience différent. Les illusions de type religieux sont remarquablement fréquentes chez les schizophrènes. Dans quelques instants, elle va se mettre à parler et, selon toute probabilité, elle va nous dire qu'elle ressent une communion extraordinaire avec de puissantes forces métaphysiques. C'est ce qu'elle a toujours fait jusqu'ici.

Avec un à-propos parfait, la voix de la jeune femme annonça soudain dans le haut-parleur :

– J'ai le sentiment que mon cœur est touché par le Christ.

Jessup sursauta visiblement.

– Tu te rends compte, dit-il à Emily, ce sont précisément les mots que j'utilisais quand j'avais des visions, autrefois.

Pivotant brusquement sur les talons, il quitta la salle de contrôle, cette fois en direction du corridor. Au bout d'un instant, elle le suivit. Il allait et venait au long des murs jaunes du corridor désert, profondément absorbé dans ses pensées. Remarquant la présence d'Emily sur le seuil de la porte il dit :

– Ce qu'il y a de fascinant avec les schizophrènes, c'est qu'ils sont physiquement différents. Ils diffèrent physiquement de nous et ils diffèrent physiquement de ce qu'ils étaient avant de devenir schizophrènes. Ils sont plus asymétriques, leurs diamètres antéropostérieurs sont plus petits. Ils sont plus anguleux; leur torse est plus large. Le rythme de croissance de leur système pileux, de leurs ongles, de leurs tissus épidermiques et fibreux est modifié. C'est presque à croire qu'ils tentent de modifier leur être physique pour l'adapter à la modification de leurs états de conscience. Cela soulève une possibilité à faire dresser les cheveux sur la tête : des états de conscience différents peuvent aussi se matérialiser dans des structures physiques différentes. Tu ne trouves pas que c'est fichtrement bizarre?

Elle approuva de la tête; c'était incontestable. Elle sourit.

– Tu es vraiment complètement fou, Eddie.

Il commençait à s'intéresser au bouddhisme et au yoga depuis qu'il avait été frappé par la similitude existant entre les tracés encéphalographiques des sujets isolés en caisson et ceux des yogi et des moines zen en méditation. Il avait entrepris une correspondance avec deux jeunes physiologistes indiens de l'université de Calcutta, G.K. Mishan et

B. S. Chhan, qui effectuaient des recherches encéphalographiques sur des yogi. Cet été-là, ils allaient se rendre dans une lamaserie au nord de Delhi, pour des études plus intensives, et avaient demandé à Jessup de se joindre à eux. C'était une lamaserie tibétaine qui s'était repliée en Inde après l'invasion chinoise, occasion inespérée d'étudier le yoga septentrional. Une perspective qui fascinait Jessup. Il avait décidé de partir pour les seuls mois d'été car il devait être de retour à Boston en septembre : il avait décroché un poste à la faculté de médecine de Harvard.

Assis tout nu dans la chambre d'Emily, elle-même nue devant une planche à repasser, il lui parlait du bouddhisme, ou du moins des lectures superficielles qu'il avait commencées sur le sujet. Le bouddhisme le passionnait. Pour un homme sans Dieu mais incapable de renoncer à l'absolu, il n'existait rien de comparable. C'est une religion putative, lui apprenait-il, mais qui ne comporte pas grand-chose de divin. Pas de Dieu, avec ou sans résurrection. C'est le Soi qui contient l'immortalité et la vérité ultime. L'homme est l'auteur et le maître de son propre destin. De même que, biologiquement, il a évolué à partir d'organismes monocellulaires marins, de même, psychiquement, s'élève-t-il jusqu'à la lumière ultime, la connaissance dans laquelle il s'unit à la conscience finale et originelle. On parvient à la connaissance par la pratique du yoga. Dans la mesure où le bouddhisme divinise l'esprit et la conscience de l'homme, il faut considérer le yoga comme une psychologie et, de fait, une psychologie plus pure que celle de l'Occident. En Occident, on n'étudie pas vraiment l'esprit de l'homme, on étudie le comportement des hommes. Le bouddhiste considère que le comportement quotidien des hommes ne constitue qu'une partie infime de leur conscience totale. Il considère même notre être matériel vulgaire (incarné dans le monde du *samsara)* comme un obstacle à notre conscience éternelle. Les pratiques du yoga sont destinées à parvenir au contrôle de notre être matériel, physique, *samsarique*, pour nous permettre de le transcender et d'atteindre à des stades supérieurs d'être et de conscience. Pour le yogi, nos autres états de conscience sont donc plus valides et moins illusoires que l'état rationnel et il passe des années à apprendre les techniques qui lui permettront d'accéder à ces autres états. C'était ces techniques que Jessup désirait étudier. Ce qui l'intéressait pardessus tout quant à ces autres formes de conscience, c'était la mise au point d'une méthode permettant de les étudier. Pourquoi ne pas s'y mettre dès l'été avec des techniciens dont la pratique avait deux mille ans d'âge?

Tout cela cadrait assez bien avec les projets d'Emily; elle prenait son propre travail avec autant de passion que Jessup le sien. Elle possédait maintenant son doctorat et cherchait à décrocher un poste dans une des meilleures universités. Dès qu'elle apprit que Jessup irait à Boston en automne, elle entreprit d'obtenir un poste à Harvard. Dangerfield, son directeur de thèse, avait essayé de l'y aider et les perspectives étaient assez encourageantes. En attendant, il lui avait conseillé d'aller faire quelques travaux à Nairobi où Louis Leakey dirigeait le musée national du Kenya. De fait, alors que tous deux étaient enlacés dans le désordre de son lit, elle avait confié à Jessup la détresse et la frustration que lui causait la rareté du matériel fossile. A cette époque, elle s'occupait surtout d'anatomie comparée et sa thèse avait d'ailleurs porté sur la comparaison de la capacité crânienne des hominidés et des primates, encore qu'elle eût confié à Dangerfield les doutes qu'elle avait commencé à former à l'égard de cette démarche comparative, volume crânien/poids total du corps. Dangerfield était de son avis. Lui-même était en train de se convertir à l'anthropologie behaviouriste et s'apprêtait à adopter une nouvelle hypothèse de travail : les modifications du cortex qui avaient présidé à l'apparition de l'homme tenaient probablement plus à la redistribution des masses molaires neurales qu'à l'augmentation de la capacité crânienne. Enfin, bon sang, avec leurs quatre cent cinquante centimètres cubes – la même capacité crânienne que le gorille – les australopithèques fabriquaient des outils! Quoi qu'il en fût, Dangerfield avait obtenu quatre-vingt mille dollars de crédits de la NSF et souhaitait envoyer Emily à Nairobi pour y effectuer des mesures systématiques de boîtes crâniennes et tenter de découvrir quelque trace microscopique de vaisseaux sanguins ou de sillons endocrâniens qui pût les mettre sur la voie d'une éventuelle modification corticale. Elle pouvait prendre une chambre à l'hôtel Ainsworth de Nairobi et commencer son travail sur les remarquables collections du musée de Leakey. Ensuite, si elle obtenait un poste à Harvard, Jessup et elle pourraient aller à Boston ensemble.

Son amour pour ce dernier crevait les yeux. Où était passé son beau sang-froid de jeune intellectuelle moderne et « libérée »? Il avait le pouvoir de la faire sangloter, de la réduire à l'état de loque boudeuse incapable de se concentrer sur quoi que ce fût, de la plonger dans de violents accès de rage jalouse – dont elle-même se rendait compte qu'ils étaient dépourvus de tout fondement – en lui apprenant simplement par téléphone qu'il ne pourrait pas l'emmener déjeuner tel jour convenu. Elle ne parvenait pas à comprendre pourquoi elle avait pu soudain se toquer de ce physiologiste-là. Il ne faisait pas le moindre effort pour être aimé. Il lui arrivait même de se montrer franchement discourtois, mais elle apprit, au bout d'un moment, qu'il ne faisait pas exprès d'être désagréable. Mais il ne comprenait strictement rien en dehors de son travail. Il n'éprouvait guère d'intérêt pour l'art, la politique ou ses semblables. Il n'accordait pas la moindre attention aux intrigues universitaires, aux envies, aux petites haines qui tiennent tant de place dans le petit monde des chercheurs. En revanche, il se montrait jalousement secret et férocement compétitif à l'égard des scientifiques qui travaillaient dans le même domaine que lui. Il parlait rarement de ses travaux, qu'il considérait comme la part la plus intime de lui-même. C'était pourquoi elle savait occuper une place particulière dans sa vie : il lui parlait. C'était même l'unique expression des sentiments qu'il éprouvait à son égard. Elle n'avait jamais pu lui faire dire qu'il l'aimait. C'était un mot qu'il ne comprenait pas et qu'il se gardait donc d'utiliser.

– Pourquoi diable devrions-nous définir ainsi nos sentiments? répondait-il. L'amour est généralement décrit comme une affaire d'électricité, de magnétisme ou de chimie. Pourquoi ne pas s'en contenter? A propos, il y a un type qui fait en ce moment des travaux à Yale, un nommé Burr – il a baptisé ça les champs vitaux – tout à fait remarquable. Il semblerait que tous les êtres vivants produisent une aura électrique qu'il est capable de mesurer au voltmètre. Je présume que ton aura et la mienne présentent une quelconque affinité électrique, une espèce d'ionisation commune. Je crois qu'il a mis le doigt sur quelque chose, ce Burr. J'ai deux ou trois de ses communications à la maison. Je t'en apporterai une. Tu verras, c'est assez intriguant.

– Oh la la! soupirait-elle.

Toutes ses amitiés étaient professionnelles et ne duraient d'ailleurs qu'aussi longtemps qu'elles lui étaient utiles. Il les exploitait sans vergogne et ne voyait pas ce qu'elle trouvait à y redire. C'était pour lui une question de simple bon sens que de passer son temps avec ceux qui pouvaient lui apporter quelque chose.

– Mais toi, qu'est-ce que tu leur apportes, à eux? rétorquait-elle.

– Je ne sais pas. Je ne vois vraiment pas ce que les gens peuvent bien me trouver. J'ai l'impression que je ne suis pas d'une compagnie très agréable. Par exemple, il m'arrive de me demander pourquoi tu perds ton temps avec moi.

C'était une question qu'elle s'était posée mille fois – de quoi au juste s'était-elle éperdument éprise? Une seule réponse tenait tant soit peu à ses yeux : de son génie. S'il n'était pas encore un génie certifié, il en avait indiscutablement l'étoffe. Tous ceux qui le connaissaient, ne fût-ce qu'un peu, étaient convaincus qu'il irait loin. Sa seule ambition discernable était le Nobel qu'il était d'ailleurs absolument persuadé de décrocher un jour – immanquablement. Et tous ceux qui le connaissaient étaient d'accord avec lui. C'était un esprit extraordinaire encore que monomaniaque. Quand on disait devant lui quelque chose qui accrochait l'une quelconque de ses préoccupations, il offrait un spectacle fascinant. L'éveil de son puissant intellect était presque visible; il se ramassait sur lui-même pour bondir, comme une bête de proie qui a flairé une piste. Il se mettait alors à poser de petites questions insidieuses, des questions qui semblaient d'abord ne présenter qu'un rapport lointain avec le sujet mais qui, pour finir, se révélaient toujours remarquablement pertinentes, pièces d'un puzzle, d'un ensemble qui s'était instinctivement formé dans son esprit. Son visage s'animait au fur et à mesure qu'il tâtait le terrain avec ses questions. Il fronçait les sourcils quand les réponses ne le satisfaisaient pas; il clignait les yeux et se renfrognait lorsqu'il ne comprenait pas un point particulier, grimaçait quand sa victime ne voyait pas où il voulait en venir, exultait quand, soudain, tout s'assemblait pour former un ensemble cohérent. Il était capable d'intégrer et d'exploiter les informations les plus ésotériques et possédait le don impitoyable de détecter les points faibles du raisonnement d'un autre chercheur, même dans les disciplines les plus éloignées de son propre champ d'intérêt. Mais, plus encore que son intelligence vorace, il possédait de véritables capacités de visionnaire. Son esprit se jetait brusquement dans les régions les moins explorées de la pensée spéculative et il était capable de s'abandonner sans retenue aux hypothèses les plus scandaleuses ou poétiques. Lorsqu'elle était témoin d'un de ses accès, elle sentait littéralement un frisson lui parcourir l'échine et un grand remuement sensuel se faire en elle.

Ce qui n'était pas plus mal, car Jessup faisait un amant à tout le moins fort irrégulier. Leurs rencontres n'étaient pas toujours aussi tumultueuses que celle de la première nuit. Le plus souvent, il se montrait indifférent. Rosenberg avait dit un jour à Emily que, chez les plus religieux des Juifs, on encourage les jeunes hommes à se marier tôt pour se débarrasser des désirs de la chair afin d'être en mesure de passer aux choses sérieuses : l'étude de la Loi Sacrée. Elle se demandait si tel n'était pas le rôle qu'elle remplissait pour Jessup. Ils faisaient l'amour lorsqu'il en avait envie, ce qui était assez fréquent, mais elle eut plus d'une fois l'impression que c'était pour crever l'abcès, il faisait l'amour comme on perce un furoncle, c'était une expérience violente, abrupte. Elle aurait préféré un peu plus de sérénité au lit. Et pourtant, malgré tout cela, c'était l'homme qui éveillait le plus sa sensualité. Au fond, elle était une bonne bourgeoise, une jeune femme qui avait la tête sur les épaules. Son père était médecin à Nashville, où sa mère appartenait à toutes les ligues et associations féminines. Ces sensations violentes choquaient et dérangeaient son âme petite-bourgeoise. Quand ils faisaient bien l'amour, ils le faisaient très bien. Elle connaissait des orgasmes en série, déchaînés, presque sacrilèges dans leur extravagance débridée.

Mais cela ne l'empêchait pas, en même temps, d'être misérable, désespérée. Elle s'était confiée aux Rosenberg : elle devait rompre avec Jessup, l'impuissance où il l'avait réduite lui était intolérable. Elle avait toujours été indépendante et entendait le rester. Il était manifeste, même à ses yeux, que Jessup ne l'aimait pas. Il n'aimait rien. Il était incapable d'amour. Il n'avait aucune relation humaine. Il était égaré parmi les mortels, c'était un Martien. Elle en accusait sa religiosité. Le petit obsédé de neuf ans qui avait des visions du Christ était devenu un adulte obsédé, tourné vers l'infini. Si elle avait la moindre jugeote, déclarait-elle aux Rosenberg entre deux sanglots, elle l'enverrait se faire foutre et, après quinze jours de larmes, elle en serait débarrassée. Elle avait peur de lui, demeurait constamment sur ses gardes, craignant de dire quelque chose qui amènerait sur son visage le froncement de sourcils agacé dont il accueillait tout ce qu'il jugeait futile ou bête. Alors qu'elle avait toujours été une personne fort sociable, elle se retrouvait isolée, au milieu des rares amis que Jessup tolérait. On lui avait purement et simplement confisqué sa propre vie. Elle se sentait humiliée, rabaissée, exploitée, réduite en esclavage. Insomniaque, fulminante, elle arpentait sa chambre des nuits entières, vociférant les déclarations rageuses qu'elle voulait lui faire. Et quand elle était avec lui, sa belle détermination la quittait et elle avait honte de sa propre faiblesse, de sa lâcheté. Cela ne pouvait durer. Il fallait prendre une décision.

Par une après-midi d'avril, ils allèrent s'asseoir sur un banc de Riverside Park parmi la brève effusion printanière des fleurs de cornouiller.

– Ecoute, dit-elle, mes parents viennent me voir avec ma sœur, cette fin de semaine, j'aimerais que tu les rencontres.

Il la regarda, franchement perplexe.

– Pourquoi? demanda-t-il.

– Parce que je suis une gentille petite sudiste de Nashville et que les petites sudistes comme il faut présentent à leur famille l'homme qu'elles ont l'intention d'épouser.

– D'épouser? Qu'est-ce que c'est que cette histoire?

– Pourquoi crois-tu que je me suis cassé le cul pour obtenir un poste à Harvard?

– Pour que nous puissions être ensemble à Boston.

– Exactement! Ce qui impliquait – même si cela ne crevait pas les yeux – que nous allions nous marier!

– Ah bon. Je ne vois pas pourquoi l'un entraîne l'autre. Qu'est-ce qui nous empêche de continuer comme maintenant?

Elle explosa. Elle se leva en hurlant :

– Mais qu'est-ce que tu veux de moi, bon sang? J'exige de connaître tes intentions sur-le-champ! Je veux savoir ce que je représente pour toi! Parce que j'aime mieux te dire tout de suite qu'il n'est précisément pas question que je continue comme maintenant! Si tu m'as prise pour le genre de nana « relaxe » qui veut seulement baiser, tu te trompes! J'en ai rien à foutre d'être relaxe. Moi, je veux qu'on m'aime, je veux qu'on m'épouse, je veux des enfants et un foyer! C'est comme ça que j'ai été élevée et c'est comme ça que je suis! Je t'aime. Je veux me marier, et je veux savoir ce que tu en penses! Tu vas me faire le plaisir de me faire connaître tes intentions sur-le-champ.

Il réfléchit quelques instants à cette explosion. Elle se sentit ridicule, debout là à trembler de colère et elle se rassit. Il finit par dire :

– Ce serait un désastre, Emily.

Elle savait qu'il allait dire un truc dans ce genre-là mais n'était cependant pas prête à l'entendre. Il lui fallut toute son énergie pour ne pas fondre en larmes.

– Je suis quelqu'un de très solitaire, Emily, poursuivit-il. Tu dois le savoir. J'ai besoin d'être seul une bonne partie du temps. Je me doutais bien que nous en arriverions là tôt ou tard et ne crois donc pas que je n'y aie pas réfléchi. Je suis tout simplement trop égoïste pour faire un époux et un père. Je peux toujours essayer, bien sûr. Si tu y tiens absolument, je le ferai. Je me considère comme quelqu'un de responsable et tu peux être sûre que je ferais de mon mieux. Mais je n'y croirais jamais, tu vois. Le mariage serait une simple corvée pour moi, comme la nécessité de noter les copies de mes étudiants ou d'assister aux réunions obligatoires de mon UER. Je n'aime pas l'enseignement, tu me suis? Tu comprends l'analogie – et je crois que je fais un enseignant responsable. Mais je n'aime pas ça. Et je n'attends qu'une chose : en finir avec mes corvées pour pouvoir m'appartenir de nouveau, me retrouver. Voilà le genre de mari et de père que je serais. Je m'acquitterais de tous mes devoirs mais ce serait seulement pour qu'on me fiche la paix, pour pouvoir me retrouver face à face avec moi-même. Je ne crois pas que tu l'accepterais.

– Certainement pas, murmura-t-elle.

Son corps entier était meurtri, gonflé de tristesse.

– Tu es la seule personne que j'aie jamais connue avec laquelle je me sens bien, dit-il. Je pense que tu me comprends.

Sourcils froncés, elle se perdit dans la contemplation de ses mains qui reposaient mollement sur ses genoux. Elle poussa un soupir. Elle se sentait vidée.

– Eh bien, nous y voilà. Effectivement, je te comprends, Eddie. Ce qui ne va pas, chez toi, c'est que tu n'as pas cessé d'être une espèce de cinglé religieux. La vie quotidienne n'a pas de réalité pour toi. Je n'ai pas la moindre réalité pour toi. Rien de ce qui fait la condition humaine n'a la moindre réalité pour toi parce qu'elle est incertaine, imparfaite et passagère. Il te faut une grande vérité immuable. Tu es encore à la recherche de la vérité de Dieu, n'importe quelle vérité, même sans Dieu, pourvu qu'elle soit ultime, absolue, permanente, éternelle. C'est bien ça, non? J'aime un prêtre défroqué, un moine renégat, un malade à la Faust qui vendrait son âme pour la grande vérité. Seulement, la vie humaine n'a aucune vérité. Nous naissons au milieu des cris, dans le doute, et nous mourons suffoqués de doute. Notre vie d'homme, nous la passons à nous convaincre sans cesse que nous sommes vivants. Un des moyens que nous avons de savoir que nous sommes vivants, c'est de nous aimer, comme je t'aime. Je sais que je suis vivante, pour l'instant, parce que j'ai vachement mal, mais tu as vu les soixante-douze visages de Dieu quand tu avais neuf ans et tu ne te satisferas jamais plus d'autre chose. Je ne serai jamais rien de plus pour toi qu'une distraction. Oh mon Dieu, je ne vais pas pouvoir m'empêcher de pleurer.

Elle se couvrit les yeux mais ne put empêcher ses larmes de couler et pleura en silence.

– Je t'admire, murmura-t-il en détournant les yeux. J'aime bien être avec toi. J'aime bien te faire l'amour. Est-ce que cela ne suffit pas?

– J'ai vingt-cinq ans, marmonna-t-elle entre ses larmes. Et non, cela ne suffit pas.

Levant son visage, elle se perdit dans la contemplation du crépuscule bleu qui descendait sur le fleuve.

– C'est une bonne chose que nous soyons séparés un moment. Tu vas en Inde, moi j'irai en Afrique et peut-être que je parviendrai à t'oublier. J'ai besoin d'être aimée en retour, Eddie. Je ne voudrais pas passer le restant de mes jours à souffrir comme aujourd'hui. A un de ces jours. Ne me téléphone pas, d'accord? Disons que c'est une séparation. Bon séjour en Inde.

Elle se leva et s'éloigna au long du sentier qui débouchait dans Riverside Drive. Jessup se leva à demi, pensant un instant la suivre, puis il se rassit sur le banc, tentant d'éprouver une douleur qu'il n'éprouvait pas.

Le 17 mai, Emily prit l'avion pour Londres où elle passa plusieurs jours à étudier les données rassemblées par un de ses amis qui avait travaillé avec Napier en Ethiopie. Puis elle s'envola pour Nairobi où elle se plongea aussitôt dans l'étude de débris d'os crâniens. On lui attribua un coin de bureau dans l'une des constructions basses qui occupent l'arrière du musée national du Kenya. Elle passait le plus clair de son temps penchée sur un carton à chaussures rempli de fragments du crâne de l'Hominidé 10, provenant de la gorge Olduvai.

Le matériel fossile se présente sous la forme de minuscules débris osseux qu'il faut une patience d'ange pour tenter de rassembler. Mais, malgré l'intense concentration que nécessitait ce travai, il lui arrivait de sentir fréquemment ses yeux s'emplir de larmes qui traçaient ensuite des rigoles sur ses joues. Alors elle demeurait assise, les yeux dans le vague, les mains mollement posées sur les genoux.

De toute manière, elle s'était mise à douter sérieusement de l'intérêt du travail qu'elle effectuait. Un autre jeune docteur en visite, un Suédois blond comme les blés, qui portait des chemises ouvertes et des culottes courtes de safari et dont elle essayait désespérément de s'éprendre, la persuada que c'était du point de vue du comportement plutôt que de l'anatomie qu'il fallait aborder l'apparition de l'homme. Il savait qu'elle en avait gros sur la patate et la convainquit de jeter ses béquilles pour aller rendre visite au camp de Jane Goodall, en Tanzanie, pour passer quelques semaines en compagnie des chimpanzés de cette femme extraordinaire.

– Les chagrins d'amour ne font pas long feu dans la brousse, lui dit-il, et ça te donnera l'occasion d'étudier le comportement d'autres primates. Tu te feras une idée de ce que devait être le premier homme qui s'aventura hors de la forêt.

Cette idée lui plut beaucoup, elle emballa quelques affaires et partit pour le camp de Goodall, où elle passa dix jours, pleurant chaque nuit sous sa tente. C'était sans espoir : elle aimait Jessup, elle avait besoin de lui et elle finit par se décider à aller le chercher.

Elle regagna Nairobi en jeep, prit le premier avion pour Bombay et une correspondance pour Delhi. Cette très jolie blonde de vingt-cinq ans avec son blue-jean collant, sa vieille valise et son sac à dos en désordre ne différait guère des bandes de hippies américains qui avaient jeté leur dévolu sur l'Inde cette année-là et emplissaient la cabine de l'appareil. Elle dormit consciencieusement pendant toute la durée du long voyage. A Delhi, elle prit le chemin de fer de la Kalka Mail à destination de Simla, qui était plein de Bengalis au teint sombre et au nez crochu, qui se rendaient à Simla pour une cérémonie en l'honneur de Kali. Les wagons de bois bleu de son train gravirent les premiers escarpements de l'Himalaya après avoir quitté la plaine du Gange, bringuebalant au bord des précipices innombrables. Quelques minutes après 2 heures, par un brûlant après-midi d'août, trempée de sueur et dans un état voisin de la fièvre, elle se retrouva à l'hôtel de Jessup et demanda où elle pouvait le voir. On lui répondit qu'il était sur les hauteurs, où il rendait visite à un yogi. Confiant sa valise et son sac au concierge, elle suivit un jeune indigène qui l'entraîna dans la montagne pour une escalade de plus d'une heure. Epuisée, elle finit par se hisser sur un replat herbu où un yogi émacié méditait dans la posture traditionnelle devant l'entrée d'une grotte. Il avait un petit coussin sous les fesses, de telle sorte que son corps était penché vers l'avant et que ses yeux vitreux fixaient la poussière immédiatement devant lui. Il avait aussi huit électrodes fixées sur la tête et dont les fils conduisaient à un encéphalographe portatif perché comme une araignée sur de longs pieds d'aluminium. Autour de l'appareil s'affairaient Jessup, en tee-shirt et blue-jean, et un Indien vêtu d'une éblouissante chemise blanche – manifestement l'un des collègues de Jessup. Elle les contempla un moment avant de s'effondrer, littéralement incapable de faire un pas de plus. La gueule béante et noire de la grotte, le bizarre yogi vêtu seulement d'un *lungi,* avec ses électrodes qui lui sortaient de la tête et la bande du tensiomètre qui lui encerclait le bras – le tableau tout entier semblait menaçant, cauchemardesque. Jessup finit par lever les yeux et l'apercevoir. Il fut tout naturellement surpris. S'excusant auprès de son collègue indien, il vint lentement à sa rencontre. Il avait le soleil dans le dos, le visage dans l'ombre, mais elle finit par voir qu'il souriait. Elle lui rendit son sourire. Il tendit la main pour l'aider à se relever.

– Viens donc te mettre à l'ombre, bon Dieu, dit-il.

– Tu m'admires encore? demanda-t-elle.

– Bien sûr.

– Tu me trouves encore excitante?

– Je te trouverai toujours excitante, dit-il.

– D'accord, dit-elle. Je m'en contenterai. Marions-nous.

Elle appuya la tête sur son épaule. Il l'enlaça. Elle eut le sentiment très vif, perçant, d'une horreur imminente. Elle s'affaissa contre lui, évanouie. Il la souleva et l'emporta dans l'obscurité de la grotte. Ils reprirent l'avion pour Boston le 16 août, firent escale à Amsterdam pour s'y marier et, le premier lundi de septembre, s'installèrent dans un quatre pièces de Powell Street, au rez-de-chaussée d'un de ces jolis petits immeubles de brique rouge couverts de lierre du quartier de Beacon Hill.

Ils devaient passer pour un jeune couple d'universitaires modèle; chaque matin, il gagnait la faculté de médecine de Harvard au volant de la Toyota et elle prenait le bus pour Cambridge : ils étaient beaux, jeunes et intelligents. Ils enseignaient, ils faisaient des recherches, ils publiaient. Emily rédigea un manuel, *Introduction à l'anthropologie,* qui est, à l'heure où nous écrivons, l'un des plus couramment utilisés dans l'enseignement de l'anthropologie. Leur premier enfant naquit en 1970, une fille qu'ils prénommèrent Grace, puis une seconde fille, Margaret, en 1973. Jessup obtint une chaire cette année-là et Emily devint maître de conférences l'année suivante. L'argent ne manquait pas. A eux deux, ils gagnaient plus de soixante mille dollars par an. Ils avaient une maison d'été dans le Maine, où ils n'allaient jamais parce qu'ils étaient trop occupés. Emily faisait désormais porter ses efforts sur les modèles de comportement symbolique des primates de la savane, son hypothèse de travail étant que les mécanismes physiques de comportements symboliques tels que la parole se trouvaient probablement à l'état d'embryon chez le primate de l'oligocène, qui devait être l'ancêtre commun de l'homme et des primates d'aujourd'hui. Si ces mécanismes s'étaient développés chez l'homme seul au cours de son évolution, c'est qu'ils étaient nécessaires à sa survie d'animal chasseur, mangeur de viande. Quant à Jessup, il centrait ses recherches sur la mémoire à long terme.

Il fit quelques travaux avec un endocrinologiste du nom de Mason Parrish sur l'ACTH 4,7, unc petite chaîne d'acides aminés qui semblait jouer un rôle dans le déclenchement des mécanismes de la mémoire pour l'enregistrement des souvenirs à court terme. Puis le hasard intervint dans les travaux de Parrish et lui rendit service. On lui demanda une consultation pour un patient qui avait fait une attaque et semblait présenter un syndrome de Cushing au Massachusetts General Hospital. Par accès, cet homme se mettait à bredouiller et, quand on l'écoutait attentivement, il semblait bien s'agir d'un langage articulé et cohérent. Puis quelqu'un s'aperçut qu'il s'agissait effectivement d'un dialecte slovène. Parrish vérifia la fiche du malade; il était irlandais de père et de mère et n'avait jamais quitté

Boston. Une artériographie cérébrale et un hémi-scanner firent apparaître des lésions de la corne d'Amon et du gyrus cyngulaire, deux organes du système limbique. Le fait ne manquait pas d'être intéressant parce que le système limbique est une des parties les plus anciennes du cerveau antérieur, présente même chez des animaux aussi primitifs que le crocodile. Parrish s'en ouvrit à Jessup parce qu'il savait que ce dernier s'intéressait à ce genre de bizarreries. Jessup songea que cela avait tout l'air d'une réminiscence prénatale. Il en conçut effectivement un vif intérêt et se lança dans une étude rétrospective de tous les cas d'attaques et de traumatismes crâniens soignés au Massachusetts General Hospital au cours des dix années écoulées, espérant découvrir de nouveaux indices allant dans le même sens. Le nombre des réminiscences inhabituelles et inexplicables était tel qu'il ne pouvait s'agir d'une coïncidence.

– Putain, dit Jessup, il pourrait bien exister un lien entre les lésions du système limbique et la mémoire!

Avec l'aide d'un collègue du département de psychophysiologie, Milton Mitgang, il réunit un groupe de patients du service de neurologie et leur fit passer une série de tests. Il s'agissait d'apprendre à effectuer des tâches simples. Les résultats montrèrent que les lésions du système limbique n'affectent en rien la capacité des sujets à apprendre ce genre de choses et que leur mémoire à court terme demeure intacte. En revanche, on notait un déclin réel de la mémoire, tout se passant comme si le système limbique jouait effectivement un rôle dans l'enregistrement et la conservation des souvenirs à long terme. Mais quel rôle? Jessup désirait stimuler les régions touchées par les lésions, mais on ne peut introduire de micro-électrodes dans le cortex humain; il enrôla donc deux étudiants, obtint soixante-cinq mille dollars de crédits et se mit au travail sur des rats. Il s'agissait d'animaux d'expérience déjà entraînés à accomplir certaines tâches en laboratoire. Il obtint de bons résultats. Les expériences semblaient réellement indiquer que la stimulation du système limbique réactive des souvenirs très anciens. Tel était en tout cas ce à quoi il travaillait en avril 1975, quand Arthur Rosenberg vint s'installer à Boston.

Le caractère de Rosenberg en avait fait une espèce de vagabond scientifique. Il avait dérivé à travers tout le pays de Cornell à l'UCLA, de là à l'université de Chicago, puis au Langley Porter Psychiatric Institute de San Francisco, se lançant au gré de sa fantaisie dans toute sorte de petites recherches curieuses. Mais il avait une femme et deux enfants et il est impossible de faire de l'argent dans ce genre de boulot. Il avait donc décroché un poste d'enseignant à l'université de Boston et avait entrepris de rédiger un manuel de pharmacologie pour des raisons alimentaires. Un samedi après-midi d'avril, sa femme Sylvia et lui-même arrivèrent à l'improviste chez les Jessup. Ils trouvèrent Emily au milieu d'un salon en déroute devant sa machine à écrire. Elle se leva avec un cri de délice et les embrassades furent copieuses. Jessup était allé au supermarché avec les enfants et son copain Mason Parrish; ils devaient déjà être sur le chemin du retour. Rosenberg retourna dans la rue pour les attendre. La première image qu'il eut de Jessup après une séparation de plus de sept ans fut presque comique à force d'être domestique. Jessup s'amena au bout de la rue, poussant de la main gauche la poussette de sa fille de deux ans, tenant de la droite un gros sac à provisions, suivi de sa fille de cinq ans qui sautillait derrière lui. Ce faisant, il conversait avec animation avec une espèce de gros ours barbu à la voix de stentor qui pouvait avoir dans les trente, quarante ans et en qui Rosenberg pensa reconnaître Mason Parrish. C'était un bel après-midi chaud et lumineux et les rues étaient pleines de gosses à bicyclette. Jessup et Parrish portaient tous deux un Levi's et un chandail. Tout cela était plus banlieusard qu'on aurait pu l'exprimer. Jessup adressait même un petit signe de tête occasionnel à des voisins. Rosenberg ne put s'empêcher de sourire.

– Bon Dieu, dit-il quand ils arrivèrent à sa hauteur, il faut le voir pour le croire.

Jessup s'immobilisa, le dévisagea et dit :

– Mon Dieu, Arthur! On ne t'attendait pas avant la semaine prochaine. Emily sait que tu es là?

– Bien sûr. Sylvia est avec elle à l'intérieur.

– Bon Dieu! C'est formidable! Mason, c'est le fameux Rosenberg dont je te parle tout le temps.

Parrish, le type même du brave gars démonstratif de Virginie occidentale, agrippa la main de Rosenberg.

– Salut! lança-t-il de sa voix de stentor, c'est vrai que c'est formidable!

– Salut, dit Rosenberg.

Jessup confia ses provisions à Parrish, prit la fillette dans sa poussette et, la portant contre son épaule au creux de son bras replié, traînant la poussette de l'autre main, leur montra le chemin de son appartement du rez-de-chaussée. Il y régnait un désordre typiquement universitaire. Des piles de bouquins encombraient le vestibule et jonchaient le plancher de toutes les autres pièces. Emily s'était aménagé un recoin du salon, une table de bridge lui servait de bureau, sa machine à écrire y disparaissait sous un amoncellement de feuillets, de périodiques, de publications universitaires, de thèses d'étudiants qui tombaient parfois sur le plancher ou dans l'un des nombreux cartons-classeurs. Le coin de travail de Jessup était aménagé dans leur chambre à coucher et semblait beaucoup plus en ordre. Un honnête classeur à trois tiroirs, une écritoire, d'épais cahiers reliés soigneusement étiquetés et rangés sur une étagère, mais le reste de la pièce était sens dessus dessous. Bien qu'il fût près de 3 heures, le grand lit n'était pas fait et les vêtements de la veille étaient jetés en travers du dossier des chaises ou s'entassaient sur le plancher. A l'évidence, Emily n'était pas une ménagère de première force.

Sylvia Rosenberg sortit de la cuisine où elle bavardait avec Emily et tomba dans les bras de Jessup.

– Tu te rends compte du temps que ça fait? s'exclama-t-elle. Nous ne t'avons pas revu depuis ton départ pour l'Inde!

– Je sais! fit Jessup avec un sourire.

On fit les présentations.

– Sylvia, je te présente Mason Parrish...

– Ça fait plus de sept ans que nous n'avons pas vu ces deux-là! cria Sylvia.

Parrish rayonnait derrière sa barbe. Jessup se laissa tomber sur l'un des fauteuils déchirés et trop rembourrés du salon et Margaret s'assoupit aussitôt contre sa poitrine.

– Emily est devenue maître de conférences, tu sais, annonça-t-il à Rosenberg qui s'était vautré sur le sofa.

– Oui, je sais bien, elle me l'a dit, dit Rosenberg. Vous devez être pleins aux as, tous les deux. Deux profs dans la famille.

– On a une baraque dans le Maine. Vous y êtes les bienvenus si ça vous chante. Emily va en Afrique; et moi je serai au Mexique cet été. Dis donc, tu connais un nommé Echeverria, de l'université de Mexico? Il dit qu'il a travaillé avec toi au Langley Porter.

– Bien sûr. Un type très astucieux.

– Eh bien, figure-toi qu'il est ici, à Boston, au musée botanique. Il va falloir qu'on se voie tous ensemble. Il retourne au Mexique en juin et je l'accompagne.

– Qu'est-ce que tu vas foutre au Mexique?

– Ben, Echeverria connaît un sorcier là-bas. Les Indiens Hinchi, tu as déjà entendu parler des Indiens Hinchi? C'est une tribu isolée du centre du Mexique, dans la région de San Luis Potosi, qui pratique encore les vieux rituels toltèques, champignons sacrés et tout ça. Apparemment, ils utilisent une espèce de préparation hallucinogène qui est censée évoquer une expérience commune pour tous ceux qui l'utilisent. Si c'est vrai, c'est intéressant.

Rosenberg soupira.

– Je vois que tu en es toujours à bricoler dans le domaine des altérations de la conscience.

– Oh, que oui!

– Il t'arrive encore de mettre les pieds dans un caisson?

– Non. Ce n'est plus très à la mode, je crois. Ils en ont un ici, à la fac de médecine, mais je crois bien que personne ne l'a utilisé depuis cinq ou six ans, depuis la fin des années soixante. Et toi?

– Non.

Emily entra, venant de la cuisine.

– Mon Dieu, Arthur, j'ai oublié de te demander, tu veux du café, des biscuits? Nous avons toutes sortes de saletés pour les enfants.

– Génial, dit Rosenberg.

– Et toi, Mason?

Parrish était allongé de tout son long sur le plancher où il faisait semblant de rester étendu pour le compte à la suite d'un pugilat avec la petite Grace qui gloussait de joie. Jessup se leva.

– Ecoutez, je crois que je ferais mieux de mettre celle-ci au lit.

Il emporta la petite Margaret endormie dans sa chambre à coucher. Rosenberg lui emboîta le pas, s'accouda sur le seuil et le regarda déposer l'enfant dans son lit puis ramener sur elle une couverture. La pièce était plongée dans l'obscurité et, crut voir Rosenberg, nettement plus en désordre que la plupart des chambres d'enfant. Il y avait des cartons ouverts, çà et là, et de petites robes, encore sur leur cintre, jetées en travers du second lit, des jouets qui s'entassaient en piles incertaines. Le tendre soin que Jessup prenait de sa fille n'en était pas moins touchant.

– Dis donc, Eddie, vous avez l'air de bien vous en tirer, Emily et toi, dit-il.

De l'autre côté du lit, Jessup leva les yeux vers lui dans l'ombre et sourit.

– Tu plaisantes, c'est ça? Nous nous séparons. Emily et moi nous allons nous quitter. J'étais persuadé qu'Emily te l'aurait déjà dit.

– Comment ça, vous quitter?

– Mais, comme ça, Emily et les enfants s'en vont. Elle a trouvé une maison à Cambridge pour l'année prochaine; les propriétaires l'autorisent à y mettre ses affaires dès maintenant. Mon Dieu, Arthur, tu ne penses quand même pas que nous vivons dans ce genre de désordre en permanence? Emily n'est pas une femme d'intérieur mais ça ne va quand même pas jusque-là.

Rosenberg était réellement surpris.

– Ça alors! vociféra-t-il. Ça fait sept ans qu'on ne vous a pas vus et la première chose que nous apprenons, c'est qu'elle s'en va en Afrique dans trois semaines et que tu te tires au Mexique en juin, et maintenant tu me dis que vous vous séparez pour de bon! Et toutes ces lettres que vous nous avez envoyées? Que c'était génial, et patati et patata?

– C'est Emily qui les écrivait, Arthur, et elle mentait. Ou peut-être qu'elle se croyait réellement heureuse à l'époque. Les enfants ont été une grande joie pour elle et son boulot marche très bien. J'imagine qu'en se racontant un minimum d'histoires elle a très bien pu se croire heureuse. Et j'ai fait des efforts, Arthur, j'ai essayé. Je ne suis pas le dernier des salauds. Je ne suis pas cruel. J'ai vraiment essayé de jouer avec conviction le rôle du bon mari et du bon père. Mais c'est bien tout ce que c'était, un rôle, une comédie. Sans une once de vérité.

Il considéra la forme de son enfant endormie sur le lit obscur avec une apparente expression de tendresse. Puis il leva de nouveau sur Rosenberg des yeux soudain blancs dans la grisaille de la pièce.

– De la merde, tout ça, murmura-t-il, entièrement artificiel.

Il contourna le lit et s'immobilisa de nouveau, sourcils froncés, regard baissé vers le plancher.

– Je fais semblant d'être gâteux de mes enfants. Mais il n'y a aucune réalité là-dedans. Je n'éprouve aucun sentiment réel à l'égard de cette enfant sinon, peut-être, un certain soulagement parce qu'elle a fini par s'endormir. Oh, je fais tout ce qu'il faut. Je suis un père attentif, je me fais du souci. Je les emmène au zoo, je leur chatouille le ventre. Je les veille lorsqu'elles sont malades, je chahute avec elles quand elles vont bien, je les prends dans mes bras quand elles ont peur, je suis même sévère à l'occasion. Il m'arrive même d'être content de les avoir, de temps en temps. Mais je n'y peux rien, Arthur, la plupart du temps, j'ai envie d'en être débarrassé. J'ai besoin d'être seul. J'ai des tas d'affaires pendantes avec moi-même. J'ai besoin de me confronter avec moi-même. Parce que mon être d'aujourd'hui est très incertain, branlant, contourné, illusoire, irréel, parce qu'il manque de vérité et de substance, parce que je n'arrête pas de faire semblant, de mentir, de changer, de revêtir des formes différentes. Je veux trouver mon être réel, mon être vrai, mon être immuable. Je veux descendre jusqu'au roc dans lequel s'enracine ma vie, ce que saint Jean appellerait l'âme nue. C'est moi qui demande le divorce, Arthur, pas Emily. Elle serait tout à fait contente de continuer comme ça. Elle tient absolument à dire qu'elle m'aime, quoi que cela puisse vouloir dire. Mais ce que cela signifie en vérité, c'est qu'elle préfère la structure arbitraire que nous avons créée à la solitude. Elle préfère les souffrances ineptes que nous nous infligeons l'un à l'autre à la souffrance que nous nous infligerions à nous-mêmes. Mais je ne crains pas cette souffrance solitaire. Je ressemble à ces anciens anachorètes, je veux aller au désert comme saint Antoine. Si je ne puis trouver Dieu, je veux au moins me trouver moi-même.

Jessup sortit de la grisaille de la pièce pour entrer dans la maigre lumière qui filtrait sur le seuil. Il éprouvait une réelle sympathie pour Rosenberg. Il lui posa la main sur l'épaule et dit :

– Et si j'appelais Echeverria pour que nous sortions dîner tous ensemble?

– Génial! dit Rosenberg.

Ils allèrent dîner chez Dom, où ils firent une joyeuse et bruyante tablée; huit universitaires volubiles d'une trentaine d'années, parlant tous ensemble de leur travail tout en enfournant des spaghetti arrosés de vin rouge. Emily racontait à la fille que Parrish avait invitée, une étudiante en troisième année de médecine du Mass General (Massachusetts General Hospital, *N.d.T.*), qu'elle se rendait en Afrique pour étudier la production vocale des babouins. (« Ce qui différencie l'homme du chimpanzé, par exemple, c'est que les outils sont nécessaires à la survie du premier qui a, par conséquent, au cours de l'évolution, acquis un cortex dont la structure permet l'usage de l'outil. Il arrive qu'un chimpanzé utilise une brindille pour aller « pêcher » des termites dans une termitière. Mais il peut s'en passer pour la survie de l'espèce. Le babouin, dont le régime est presque exclusivement végétarien, passera une demi-heure à déterrer une racine. Jamais il n'est venu à l'esprit des babouins qu'ils pourraient gagner vingt-cinq minutes en utilisant un bâton. A l'origine, l'homme n'était qu'un primate de la savane, comme le babouin. Très bien; quelles ont été les conditions de survie dans les savanes d'Afrique de l'Est et du Sud qui ont contraint un groupe donné de grands singes à utiliser un bâton pour déterrer leurs aliments? On peut présumer qu'il devait exister un mécanisme commun au babouin et à l'ancêtre de l'homme... »)

Parrish avait entrepris la nana d'Echeverria, une botaniste du musée botanique. (« Personne ne sait comment fonctionne réellement la mémoire. Il semblerait que nous mémorisons tout ce que nous ressentons pendant un minimum de cinquante millisecondes, puis une partie disparaît et l'autre se fixe sélectivement dans la conscience. Puisque vous êtes botaniste, vous savez certainement que la puromycine peut détruire la mémoire et que des drogues comme la strychnine, la dextroamphétamine, etc., peuvent stimuler le pouvoir de mémorisation. Mais toutes ces drogues sont des poisons, elles entraînent une accoutumance, risquent de donner des convulsions et, de toute manière, sont étrangères à l'organisme. C'est pourquoi le fait qu'une petite chaîne d'acides aminés, l'ACTH 4,7, naturellement produite par l'organisme, intervient dans la fixation des souvenirs me paraît particulièrement intéressant. Seulement, cela soulève une autre question. L'ACTH est un peptide. Le stress influence ses taux de sécrétion. L'ACTH est-il effectivement responsable du codage de l'information ou résulte-t-il seulement de la formation, sous l'effet du stress, de diverses substances hormonales. Ça vous intéresse vraiment, mon petit, toutes ces conneries? Si oui, je suis prêt à m'étendre là-dessus des soirées entières, quand vous voudrez, cette semaine par exemple... »)

Quant à Rosenberg, il faisait le tour de la table pour arracher à chacun des convives la signature d'une pétition exigeant que le NIH édicte des règles encore plus sévères concernant les recherches sur l'ADN recombinant.

– Tu es vraiment incroyable, Arthur, s'écria Emily, interrompant sa propre conversation pour s'intéresser aux activités de Rosenberg. Il n'y a pas trois jours que tu es à Boston et tu es déjà entré au Comité des Chercheurs Conscients de leurs Responsabilités!

Mais elle signa la pétition. Rosenberg, qui avait toujours été un chercheur très engagé, était également membre de l'organisation La Science au Service du Peuple, du Comité pour la Moralisation de la Science et du groupe local de vigilance à l'égard des recherches sur l'ADN recombinant de la région de Boston. La conférence d'Asilomar s'était réunie deux mois auparavant pour édicter quelques règles concernant la recherche sur l'ADN recombinant et les manipulations génétiques et biologiques en laboratoire. Ces règles semblaient insuffisantes à plus d'un scientifique de gauche et un certain nombre d'entre eux exigeaient que le NIH les rendît plus strictes. Tel était le but de la pétition de Rosenberg qui vint s'asseoir à côté d'Echeverria pour le persuader de signer. (« Nous autres, chercheurs, avons des devoirs moraux à l'égard du public et non pas seulement à l'égard de nos propres recherches. Avec ces histoires de manipulation génétique, on risque d'augmenter la capacité de certaines bactéries à produire des maladies. Enfin, quoi, ils s'amusent à séparer les gènes des drosophiles pour en insérer des fragments chez *Escherichia Coli* et puis ils font des cultures massives de ces bactéries. Il y a quand même des tas d'inconnues. Nous ne savons identifier que deux ou trois gènes et maintenant on parle beaucoup de nous installer un laboratoire de ce genre-là à Cambridge. Il y en a déjà un à Stanford et, à Woods Hole, ils ne contrôlent déjà plus les expériences concernant les virus responsables de certaines tumeurs. C'est la planète qu'on va dépeupler, si on fait pas gaffe, alors, Eduardo, fais-moi le plaisir de signer... »)

Et Jessup, qui avait bu plus de vin qu'il n'aurait voulu, parlait à tue-tête pour exposer les conceptions bouddhistes du Soi à Sylvia Rosenberg et à tous ceux dont il parvenait à accaparer l'attention.

– Je dois dire que toute l'expérience avec les yogi m'a un peu déçu. De quelque manière qu'on la considère, la pratique du yoga demeure une technique spécifique fonctionnant au profit d'un système de croyances a priori et, en cela, elle ne diffère guère des autres techniques destinées à produire des transes. Les exercices respiratoires sont fichtrement efficaces. La respiration devient une entité en elle-même, un véritable état de conscience à part entière, de telle sorte que le corps qui respire devient l'incarnation de la respiration. Il n'en demeure pas moins que c'est une technique du renoncement permettant d'accéder à un état voisin de la transe et prédéterminé, ce que les tenants du zen appellent un « étant », un narcissisme très pur, le sentiment de l'océan chez Freud. Ce qui confère une certaine dignité aux pratiques du yoga, c'est que le système de croyance lui-même n'est pas vraiment religieux. Il n'y a pas de dieu bouddhiste à proprement parler. C'est le Soi, l'esprit individuel, qui contient l'immortalité et la vérité ultime!

– Tu peux me dire ce que c'est d'autre que de la pure métaphysique? brailla Emily depuis l'autre bout de la table, interrompant son propre dialogue. On remplace simplement Dieu par le Soi originel.

– Et alors? Ça permet au moins de le localiser, non? répliqua Jessup en criant aussi fort qu'elle. Le Soi, au moins, on sait où il est! Dans notre esprit, quelque part parmi les milliards de cellules qui composent notre esprit! C'est une forme d'énergie humaine! S'il existe effectivement une conscience originale, une conscience jungienne, appelez ça comme vous voudrez, moi je m'en fous, il est sûr qu'elle a emmagasiné un tas d'impressions sensorielles; ces impressions sont emmagasinées quelque part dans notre esprit sous une forme mesurable : la mémoire! la mémoire est énergie! elle ne disparaît pas! elle est toujours là, quelque part!

Il s'était levé, maintenant, titubant un peu, pas vraiment capable de tenir les quatre bouteilles de vin rouge qu'il avait bues. Il se tourna vers Rosenberg.

– Je te dis qu'il existe une voie d'accès physiologique à nos diverses consciences antérieures! Et je te dis que cette voie se trouve quelque part dans cette saloperie de système limbique! Si je pouvais te

fourrer deux ou trois microélectrodes dans le crâne, je parie ma dernière chemise que nous parviendrions à ressusciter des souvenirs très anciens et même des réminiscences prénatales! Et si ça, ça n'est pas de la conscience antérieure, alors je suis prêt à bouffer mon chapeau!

– Quel cinglé tu fais, Jessup, rugit Parrish, tout content.

Jessup, qui s'était éloigné de sa chaise, refit en titubant les quelques pas qui l'en séparaient, se rassit et se servit un autre verre de vin. Un de ces silences inexplicables était soudain tombé sur la petite assemblée. Quand la voix calme, contemplative, pénétrée, de Jessup le rompit, tous les convives l'entendirent.

– En quoi suis-je cinglé, Mason? demanda-t-il d'un ton conciliant. Je suis un homme qui cherche sa véritable identité. Comment peut-on être aussi inimaginablement américain? Tout le monde est à la recherche de sa véritable identité. Tous, nous tentons de nous réaliser, de nous comprendre, de nous appréhender, de nous voir en face, de nous explorer, de nous étendre. Depuis que nous en avons fini avec Dieu, nous ne disposons que de nous-mêmes pour tenter d'expliquer cette horreur absurde qu'est la vie. Tous, nous passons nos week-ends à des expériences de transmission extra-sensorielle, ou bien nous méditons quarante minutes par jour, nous nous accroupissons ensemble pour de quelconques mantras communautaires, nous nous prenons par les bras pour de piètres imitations du soufisme, quand nous ne nous dépouillons pas des atours trompeurs de la vie civilisée pour plonger tout nus dans des piscines où d'autres nageurs nus poursuivent la quête d'eux-mêmes. Alors voici : je pense que cet être vrai, cet être original, cet être premier, est quelque chose de réel, de mesurable, de tangible et d'incarné. Et j'ai décidé de lui mettre la main dessus, moi, à ce salopard!

Zapatecus, Mexique
juin 1975

En fait, les Indiens Hinchi n'habitaient pas la province de San Luis Potosi mais celle de Zapatecus; c'était une tribu pré-aztèque qui demeurait dans les rudes *barrancas* du Mexique central. Les Hinchi descendaient des Chichimec-Toltèques mais leur *brujo* se révéla un Indien Tarahumara qui avait épousé une fille de la tribu. Ce fait ne manquait pas d'importance car il parlait un peu l'espagnol, à la différence de tous les autres qui n'en connaissaient pas un traître mot. Echeverria servit d'interprète. Jessup et lui se joignirent aux Hinchi quand ils se mirent en route pour le pèlerinage qui les conduisait chaque année jusqu'au champ des champignons sacrés, long voyage de trois semaines auquel participaient les huit cents membres de la tribu avec leurs pagnes et leurs chemises de coton, traversant les vallées aux couleurs criardes, longeant des précipices, s'arrêtant une nuit sur deux pour se saouler de bière de maïs. Le paysage était magnifique, plein d'agaves bleus et de chaparrals jaunes avec, dans le lointain, des rocs escarpés que le soleil impitoyable éclaboussait de lumière orangée.

Le *brujo* était un vieux bonhomme enjoué qui pouvait avoir dans les soixante-dix ans et portait un informe veston gris, témoin de ses anciens contacts avec la civilisation blanche, sous lequel les pans de son pagne blanc pendaient comme les franges d'un châle de prière. Les Hinchi, expliqua-t-il à Echever-

ria et Jessup, n'avaient conservé qu'une parcelle de leur religion animiste originale. Tout au plus rendaient-ils un vague hommage de pure forme au serpent à plumes, le dieu Quetzalcoatl. Ils avaient peu à peu mis au point, on ne sait trop comment, leur propre système de croyances fondé sur des forces spirituelles, sources de vie. Pour Jessup, cela semblait curieusement oriental. Quoi qu'il en fût, la tribu emplit un certain nombre de sacs de jute avec des champignons, des branches prélevées sur de frêles arbustes, des feuilles, des pétales, des graines et des tubercules blancs, en parcourant le plateau sacré avec des gestes de ramasseurs de coton, tombant parfois à genoux pour déterrer à la main quelques racines. Vêtu d'un Levi's et d'un tee-shirt, Jessup se tenait à l'écart de toute cette activité, portant son magnétophone Sony, tandis qu'Echeverria, qui était botaniste, expliquait que les plantes étaient des *sinicuiche – hema salicifolia* – et les champignons presque certainement des amanites tue-mouches – *amanita muscaria.*

– C'est une drogue psychédélique extrêmement puissante et un peu dangereuse. Elle contient certains alcaloïdes de la belladone, atropine, scopolamine, etc. La *sinicuiche* est tenue en haute estime par de nombreuses tribus indiennes. J'en ai trouvé, au nord, jusqu'à Chihuahua. Elle devrait présenter un intérêt tout particulier pour vous. Les Indiens disent qu'elle a le pouvoir d'évoquer de vieux souvenirs, et même des souvenirs très, très anciens. Les Hinchi la nomment la Première Fleur.

– Première, dans le sens de plus ancienne?

– Oui, la plus ancienne.

– J'aimerais bien l'essayer, dit Jessup. Croyez-vous qu'ils me laisseront participer au rituel de la pipe?

– Ils ont l'air d'être très conciliants, dit Echeverria.

Ils regagnèrent tous la vallée qu'ils habitaient, le 12 juillet. La plupart des membres de la tribu entamèrent une *tesgüinada,* quarante-huit heures d'orgie à la bière de maïs, pendant qu'un certain nombre de femmes triées sur le volet broyaient les divers tubercules, boutons, feuilles et pétales en poudre plus ou moins fine. Chaque poudre ainsi que les champignons émiettés furent emmagasinés pour un an dans des calebasses scellées afin d'atteindre le degré voulu de décomposition et de moisissure. Puis l'on sortit les calebasses de l'année précédente et l'on entama les préparatifs du rituel de la pipe. Cinq hommes seulement, *los escogidos,* devaient y prendre une part effective. Le vieux *brujo* était, évidemment, l'un d'entre eux. La cérémonie eut lieu devant la maison du *brujo,* une chancelante cabane de planches munie d'un auvent branlant soutenu par deux bastaings pourris. Ils allumèrent un feu et s'allongèrent autour. Trois grosses pierres formaient le foyer. Le *brujo* sortit de sa cabane portant un sac de jute dont il tira, un par un, divers objets. Le premier était un coutelas de chasse, de près de trente centimètres de long, qui lançait des reflets bleus dans le soleil de cette fin d'après-midi, puis une blague de souple cuir brun, puis un étui de cuir brun mais tavelé et comme vert-de-grisé par l'âge, d'où il sortit la pipe de cérémonie, long tuyau sombre et rougeâtre de vingt-cinq centimètres terminé par un fourneau noirci. Il étala soigneusement son attirail sur la couverture, fit une révérence en direction des quatre points cardinaux et psalmodia doucement d'une voix geignarde. Alors il sortit du sac le dernier objet, un petit fagot de racines blanches. Il en choisit une qu'il fendit par le milieu avec le coutelas jusqu'à former un Y. Il interrompit alors sa litanie pour marmonner quelques mots d'espagnol à l'adresse d'Echeverria qui, se penchant à son tour vers Jessup, dit :

– Il désire savoir si vous voulez toujours participer.

– Oui, bien sûr, dit Jessup.

Le vieux *brujo* reprit sa douce complainte. L'une des femmes apporta une grande marmite qu'elle installa sur les pierres au-dessus du feu. Jessup se pencha sur la marmite pour voir ce qu'elle contenait. Elle était emplie au quart d'une substance jaune et gluante. Le *brujo* expliqua qu'il s'agissait du chapeau des champignons, *los honguitos*, qui mitonnaient depuis deux jours, très exactement depuis le retour des champs sacrés. Il se remit à chanter tout en liant l'extrémité fourchue de la racine au moyen de ce qui semblait être des vrilles de vigne. A la demande de Jessup, Echeverria interrogea le vieillard :

– A quel genre d'expérience mon ami peut-il s'attendre?

Sans interrompre son activité, le vieil homme répondit :

– Son âme va retourner à sa Première Ame.

Echeverria traduisit la réponse. Jessup, qui s'était jusqu'alors absorbé dans la contemplation du lent déroulement des bobines de son magnétophone, leva sur le Mexicain un regard aigu.

– S'agit-il des mots exacts qu'il a prononcés?

– Oui, dit Echeverria.

– C'est pratiquement bouddhiste, murmura Jessup qui remplaça alors la cassette terminée par une nouvelle.

Quand le magnétophone se fut remis en marche, il demanda à Echeverria de questionner le vieil homme :

– A quoi ressemble la Première Ame?

Echeverria traduisit. Le vieux *brujo* répondit. Echeverria traduisit à nouveau :

– C'est de la matière qui n'est pas encore née.

Jessup dévisagea le *brujo* qui, ayant apparemment terminé ses préparatifs, se tourna pour regarder Jessup. Le dernier fragment du soleil venait de disparaître derrière les montagnes lointaines et la petite vallée s'emplit brusquement d'une ombre pesante. Jessup ne pouvait distinguer les traits du vieux qui n'était pas à deux mètres de lui mais il pouvait voir ses yeux qui semblaient luire d'un éclat surnaturel comme ceux d'un félin. Le *brujo* se montra alors beaucoup plus prolixe qu'à son habitude. Il adressa à Jessup six phrases en espagnol, attendant à la fin de chaque phrase qu'Echeverria traduisît.

– Tu seras malade, dit le vieux à Jessup. Puis tu sauteras dans le vide. Tu apercevras une tache. La tache se transformera en bande. Cette bande est la Fissure-qui-partage-le-Rien. De ce Rien sortira ton Ame-pas-encore-Née.

Jessup approuva de la tête. C'était trop beau pour être vrai. Il aurait pu croire qu'il parlait avec un yogi tibétain.

Le vieux *brujo* marmonna quelques mots d'espagnol à l'adresse d'Echeverria qui dit à Jessup :

– Il veut que vous teniez la racine. Tendez la main, paume tournée vers le haut.

Jessup s'approcha et tendit la main. Le *brujo* déposa soigneusement la racine à plat sur sa paume puis, brusquement, il écarta l'annulaire et le médius de Jessup et lui entailla habilement la chair avec son coutelas. Jessup, qui avait lu Castaneda, aurait dû s'attendre à quelque chose de semblable, mais il n'en fut rien et il poussa un hurlement qui transperça le calme qu'amassait le crépuscule quand il

sentit le sang jaillir de la coupure. La soudaineté de l'événement l'avait pétrifié sur place et il demeura main tendue, paume ouverte. Le *brujo* saisit son poignet et tira sa main sanglante au-dessus de la marmite. Puis il fit tourner le poignet de Jessup pour laisser choir la racine blanche dans la marmite et maintint la main de Jessup le temps de faire tomber quelques gouttes de sang dans la mixture qui s'épaississait au fond du chaudron. Le vieillard le lâcha et il s'affaissa sur le sol, hébété, complètement vidé et en même temps profondément scandalisé.

– Ça va? demanda Echeverria.

Jessup fit oui de la tête.

Le vieux *brujo* aidé d'un des autres hommes était en train de soulever la marmite du foyer pour l'emporter sur la couverture rituelle. Allongé dans la nuit qui s'était faite brusquement, Jessup les voyait comme des ombres monstrueuses. Il tenta d'examiner sa main blessée dans l'obscurité. L'hémorragie semblait interrompue.

– Eh bien, mon vieux, marmonna-t-il.

Une forme penchée sur lui le fit sursauter. C'était le *brujo* qui lui tendait la pipe, le regard vide. Jessup se dressa sur son séant, prit la pipe et se mit à fumer.

Il fut immédiatement pris de nausées et vomit sur le sol. Aucun des autres ne fit la moindre attention à lui. Le vieux *brujo* demanda à Echeverria si le magnétophone était branché. Sur sa réponse positive, il entreprit d'expliquer en espagnol que la mixture qu'avait fumée Jessup contenait trois parts du broyat de champignons calciné provenant de la marmite, pour une part de poudre de *sinicuiche* et une part de poudre d'une autre plante portant un nom toltèque qu'Echeverria tenta de répéter sans y parvenir. Jessup entendit clairement tout cela tan-

dis qu'il vomissait appuyé sur un coude. Les nausées disparurent. Il se sentit soudain projeté vers le haut dans une hallucination instantanée. La clairière dans laquelle il était accroupi disparut sous lui, ou plutôt se réduisit à la taille d'une tête d'épingle, à des kilomètres et des kilomètres en contrebas, tête d'épingle qui s'altéra lentement jusqu'à prendre la forme d'une fente, d'une fissure irrégulière. Jessup pensa qu'il devait s'agir de la Fissure-qui-partage-le-Rien. Puis, lentement, cette fente de lumière se mit à se déployer, à sortir d'elle-même comme une marée lumineuse. Si éblouissante que Jessup imagina être en présence de quelque illumination originelle. Cette effusion de lumière se répandait en vagues énormes, inexorables, qui finirent par environner Jessup lui-même, jusqu'à ce qu'il y fût entièrement noyé et devînt à son tour une tache blanche brillamment lumineuse. Le flot de blancheur s'étendait d'un bout à l'autre de l'horizon et continuait pourtant de s'étendre dans un espace en perpétuelle expansion, un infini. Une colonne de halos s'éleva au-dessus de la blancheur, annelée comme un tronc d'arbre, puis se mua en une hélice d'or qui tournait sur elle-même, pleine de petites taches lumineuses, fourchues, vermiformes, animées de pulsations frénétiques comme une vue microscopique de chromosomes sacrés. Il entendit un cri de joie suraigu, extatique, ce qui était étrange parce que les hallucinations psychédéliques comportent rarement d'éléments auditifs.

Brusquement, de la tache lumineuse originelle qui était maintenant d'un noir intense, surgit une silhouette brunâtre, ou plutôt une masse fondue de substance apparemment dotée de bras, de jambes et d'une tête, mais si protéiforme que ses membres et ses autres traits distinctifs ne cessaient de se dissoudre pour rejaillir, bouillonnant çà et là, s'enflant et se contractant. Cette substance grandissait sans cesse et semblait iridescente, étincelante, environnée de flammes minuscules dans lesquelles, en y regardant de plus près, on distinguait autant d'explosions de matière neurale. Cette chose enfla démesurément, devint de plus en plus rouge puis de plus en plus dorée. Jessup se rappela soudain que l'or est la couleur de l'âge archaïque dans le cycle du yoga, et le rouge la couleur de l'âge magique. Ce spectacle extraordinaire ne lui causait nulle frayeur et c'était seulement avec un respect mystique qu'il voyait la chose s'approcher de lui. Puis, brusquement, un gros lézard d'un jaune criard (la couleur de l'âge mythique) traversa l'étendue blanche et fut englouti par la masse flamboyante, déchiré avec un craquement écœurant d'os et de muscles, puis dévoré. Cette scène que Jessup n'eût considérée qu'avec le plus profond dégoût dans la vie réelle, il y assista avec un sourire indulgent. S'étant un instant interrompu pour ce repas, la masse reprit sa progression vers Jessup et l'engloutit à son tour, doucement, sans lui faire de mal. Il sentit une puissance infinie l'envahir. Englouti dans la substance, il se catapulta dans l'infini. Ce fut le moment le plus exaltant de sa vie.

L'hallucination dura environ une heure. La descente fut brusque et le rendit un peu malade. Il fut très surpris de se retrouver debout au milieu d'un petit massif de broussailles. Ses mains étaient griffées comme par des ronces. Les autres étaient toujours assis autour du feu à une trentaine de mètres de lui. Tirant de petites bouffées de la pipe de cérémonie ou mâchonnant des boutons de peyotl. La nuit était complète. Sa montre, quand il la regarda à la lueur du feu quelques instants plus tard, disait 8 h 19. Il rejoignit les autres, s'accroupit

à côté de son magnétophone et se perdit dans la contemplation des flammes. Quelques minutes plus tard, il dormait profondément.

Le lendemain, le *brujo* lui demanda s'il avait bien eu l'expérience qu'on lui avait prédite. Jessup fit oui de la tête puis ajouta qu'il avait eu une expérience qu'on ne lui avait pas prédite. Le shaman hocha du chef à son tour et dit :

– Tu as mangé un lézard.

Jessup fut un peu surpris mais très content.

– Comment savez-vous que j'ai mangé un lézard ? demanda-t-il.

Echeverria remplit son rôle d'interprète. Le *brujo* le regarda sans expression.

– Parce que je t'ai vu manger le lézard, dit-il. Nous t'avons tous vu manger le lézard.

Jessup réfléchit à cette déclaration quelques instants puis demanda par le truchement d'Echeverria :

– Est-ce que cela signifie que vous étiez avec moi dans mon rêve ? Que vous possédez le pouvoir de pénétrer dans le rêve d'un autre homme ?

Le vieux *brujo* fronça les sourcils, sans doute un peu troublé. Les Hinchi, comme les jeunes enfants, ne voient guère de différence entre le rêve et la réalité. Le shaman répéta :

– Je t'ai vu manger le lézard. Nous t'avons tous vu.

Jessup insista :

– Mais j'ai mangé le lézard dans mon rêve. Je n'ai pas mangé le lézard ici, près du feu. Si vous m'avez vu manger le lézard, c'est que vous étiez avec moi dans mon rêve.

Echeverria traduisit cela en espagnol. Le *brujo* ne sembla pas comprendre. Echeverria formula de nouveau les choses dans un espagnol plus élémentaire. Le *brujo* regarda Jessup en fronçant les sourcils et partit en traînant les pieds vers le massif broussailleux où Jessup était revenu de son hallucination. Ayant fait quelques pas, il se retourna, désirant manifestement que Jessup l'accompagnât. Jessup et Echeverria lui emboîtèrent le pas. Le *brujo* se fraya un passage à travers les broussailles, s'immobilisa et montra du doigt quelque chose par terre. Jessup et Echeverria virent alors les restes à demi dévorés d'un gros iguane dont les membres avaient été arrachés à leur logement. Echeverria vomit sur place.

Le *brujo* s'éloigna et refusa désormais d'ajouter un seul mot. Pour tout dire, il semblait offensé. Au bout d'une heure, Jessup envisageait évidemment tout cela avec le dernier scepticisme. Pour commencer, on ne trouve pas d'iguanes sur les plateaux; ce sont des créatures du désert et des rivages. C'était une farce que les Indiens lui avaient jouée pour ridiculiser le *gringo*. Le lézard avait été jeté en pâture aux nombreux chiens qui erraient en permanence alentour et qui l'avaient dévoré. Certes, les chiens n'ont pas coutume d'arracher les membres de leurs proies, mais les Indiens pouvaient très bien l'avoir fait, eux. Il harcela Echeverria de questions à propos des événements de la nuit précédente. Echeverria n'avait pas participé à la cérémonie et l'avait donc probablement observée de sang-froid. Or, ses réponses ne furent pas entièrement rassurantes. Il dit que vers 7 h 30, la veille, Jessup s'était levé et était parti dans les broussailles, probablement pour uriner. Son absence avait duré une bonne vingtaine de minutes au moins, au cours desquelles on avait entendu une brève explosion de cris, de grognements et de grondements animaux. Un peu comme ceux de deux chiens qui se seraient battus. Echeverria et l'une des femmes s'étaient levés pour aller voir ce qui se passait, pensant que des chiens pouvaient avoir attaqué Jessup ou que ce dernier souffrait peut-être d'effets nocifs. Après tout, c'était la première fois de sa vie qu'il prenait un hallucinogène et la première fois est toujours un peu imprévisible. De toute manière, Echeverria et la femme atteignaient tout juste l'orée des broussailles quand les cris cessèrent, et le *brujo* leur enjoignit de revenir. Ils s'étaient exécutés.

– Mais bon sang de bon sang! s'écria Jessup, vous n'imaginez tout de même pas un instant que je suis parti dans ces broussailles pour y capturer un énorme iguane, lui arracher les quatre membres et le dévorer, enfin quoi!

– Bien sûr que non, dit Echeverria.

– Et en vingt minutes, en plus, bon sang! dit Jessup.

– Je vous dis seulement ce qui s'est passé, voilà tout, dit Echeverria.

– Les hallucinations ne s'extériorisent pas, dit Jessup. Pour vous, j'ai conservé ma forme normale et je suis resté assis près du feu comme les autres. Vous ne m'avez pas vu me transformer en une masse amorphe de substance neurale, j'imagine?

– Non, non, rassura Echeverria, vous n'avez pas changé de forme. C'était une pure hallucination. Vous êtes parti pendant vingt minutes pour aller pisser et vous êtes revenu. Ensuite vous vous êtes un petit peu promené par ici, dans la clairière. Vous êtes resté debout, là-bas, un moment. Puis vous êtes revenu, vous vous êtes assis et vous vous êtes endormi. Il était aux environs de 8 heures.

– D'accord, dit Jessup, excusez-moi de m'être laissé emporter. A propos, pensez-vous qu'ils me laisseront transporter un peu de cette mixture avec moi à Boston?

Boston, faculté de médecine de Harvard, Peter Bent Bringham Hospital octobre 1975-janvier 1976

Mason Millard Parrish, trente-sept ans, un mètre quatre-vingt-dix, gros et barbu, professeur d'endocrinologie à la faculté de médecine de Harvard, chef du service d'endocrinologie du Peter Bent Bringham Hospital, conseiller à la rédaction de l'*American Journal of Endocrinology,* directeur de recherches cliniques à la société d'endocrinologie de Nouvelle-Angleterre, ne participa pas aux curieuses expériences de Jessup avant la fin d'octobre 1975. Non qu'il ne fût pas au courant des activités de ses amis, Rosenberg et Jessup. Il savait que Rosenberg avait réalisé la synthèse du mélange hallucinogène rapporté du Mexique par Jessup et que tous deux se livraient à des études approfondies de cette substance. Mais il n'avait pas beaucoup vu ses amis; c'était un homme très occupé. Et il avait ses propres recherches, bien sûr. Il avait débuté six ans plus tôt, et tenté d'isoler le rôle de l'ACTH dans la fixation des souvenirs à court terme. Depuis, son projet avait pris des proportions considérables et il avait obtenu de gros crédits du NIH. Il disposait désormais d'un grand laboratoire, de cinq cages pleines de rats, de deux laborantins, de deux « doctorants », d'un boursier en endocrinologie et d'une secrétaire à plein temps. Il consultait trois matinées par semaine. Il était administrateur de la conférence hebdomadaire d'endocrinologie de la faculté (les mardis à 11 heures), il présidait les réunions de la rédaction du journal de la fac (les vendredis à 16 heures), se livrait à des recherches cliniques et recevait sa clientèle privée les mardis après-midi et les jeudis matin, et enfin, il enseignait – deux cours par semaine. Célibataire, il menait une existence assez agitée, sillonnait Boston et les environs en chevauchant sa Honda, et tombait régulièrement amoureux. Le vendredi 17 octobre, n'étant pas amoureux et n'ayant aucun rendez-vous, il appela Rosenberg pour voir ce qu'il fabriquait. Ce dernier lui dit que Jessup allait s'offrir le soir même un nouveau « voyage » avec sa drogue mexicaine; ils seraient dans l'une des pièces insonorisées du service de psychophysiologie du Bringham Hospital vers 19 heures.

– Et si je venais discuter le bout de gras? dit Parrish.

– Génial, dit Rosenberg.

A 7 heures ce soir-là, Parrish parcourut le quatrième étage de Bringham, passant la tête par toutes les portes, à la recherche de ses amis. Il les découvrit dans la dernière pièce, un petit local tapissé d'isolant sonore et contenant seulement un grand fauteuil de relaxation sur lequel était allongé Jessup et un appareillage électro-encéphalographique portatif. L'éclairage était tamisé. Une grande vitre séparait la pièce de la salle de contrôle. Jessup tenait un grand bassin de porcelaine sur les genoux.

– C'est pour quoi faire, ce truc? demanda Parrish.

– On vomit beaucoup avec ce produit, dit Jessup.

Rosenberg tendit à Jessup un verre de cuisine empli d'un liquide clair que Jessup but. Rosenberg se mit au travail, appliquant les électrodes sur le crâne de Jessup.

– Et alors, les mecs, qu'est-ce que vous fabriquez comme ça? demanda Parrish.

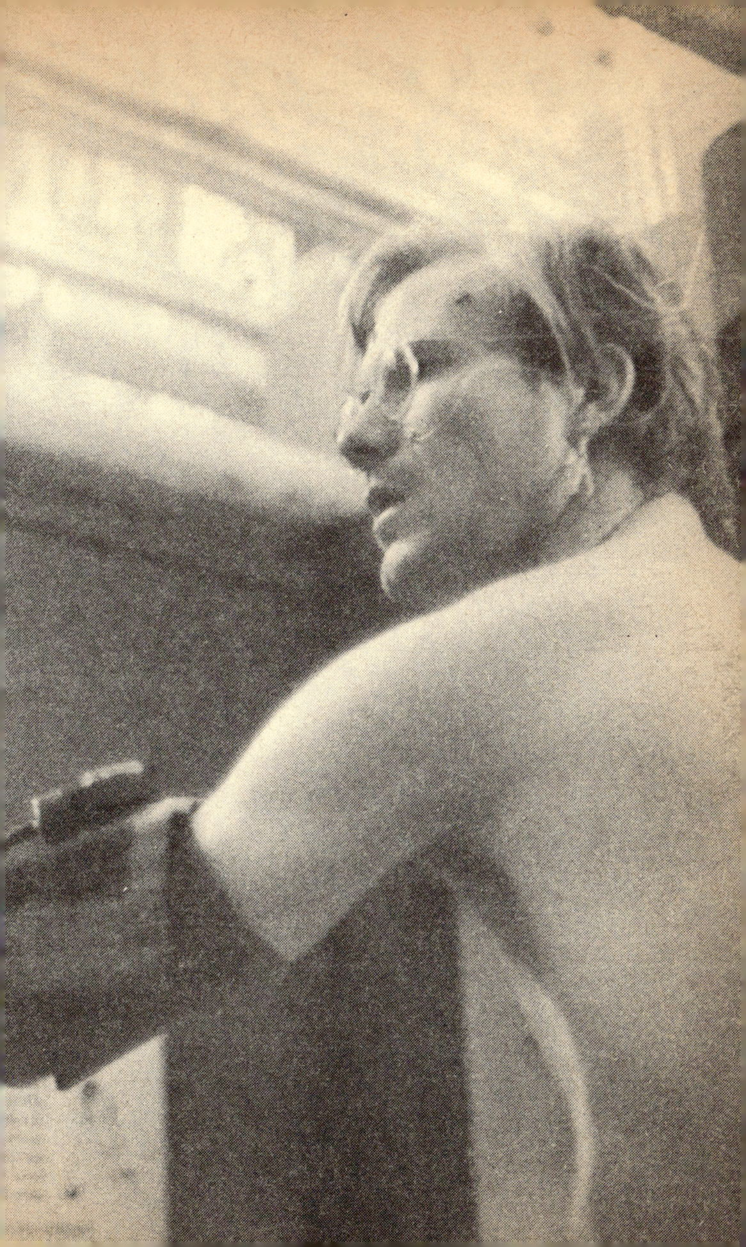

– Comme je te l'ai dit, Mason, dit Rosenberg. Ce truc-là est franchement extra. C'est une solution à dix milligrammes mais les deux ou trois dernières fois nous sommes montés jusqu'à deux cents et j'aime mieux te dire que le voyage n'est pas piqué des hannetons. Ça te colle de mahousses hallucinations. Ça te dirait d'essayer un de ces quatre?

– Merde alors, sûrement pas. J'ai arrêté le peyotl quand j'étais en première année.

– D'accord, mais c'est pas du peyotl. Nous obtenons quelques résultats vachement curieux. Nous avons isolé un métabolite du genre adénochrome ou taraxéine dans notre urine à tous les deux. C'est celui que l'équipe Heath avait repéré chez les schizophrènes. Qui sait, on va peut-être pouvoir faire leur fête à Sneider et à tous les tenants de la dopamine.

– Ecoute, Mason, dit Jessup, nous avons remarqué des trucs qui sont tout à fait de ta partie. Par exemple, des niveaux anormalement élevés d'AVM (acide vanillyl-mandélique, *N.d.T.*) et d'AHIA (acide hydroxy-indolacétiquc, *N.d.T.*) et aussi de 17-hydroxy-stéroïde et de 17-céto-stéroïde.

– Bon Dieu, dit Parrish. Vous devez avoir les surrénales dans un drôle d'état. Depuis combien de temps avez-vous atteint ces niveaux?

– Calme-toi, Mason, dit Jessup. Tout le reste est parfaitement normal.

– Aucun symptôme?

– Rien du tout. Non, tout va très bien, vraiment.

Jessup vida les dernières gouttes du verre de cuisine.

– Mais qu'est-ce qu'il y a au juste dans la saloperie que tu es en train d'avaler?

– Ce ne sont pas deux cents milligrammes de ce truc qui pourraient faire le moindre mal à qui que ce soit, dit Rosenberg. De toute façon, les hallucinogènes sont éliminés en moins de vingt-quatre heures.

Il entraîna Parrish dans la salle de contrôle, dont il referma la porte derrière lui puis, branchant le micro, il murmura :

– Comment te sens-tu?

La voix de Jessup résonna :

– Parfaitement bien.

Rosenberg, qui ressemblait à un étudiant tulmudique, perché sur son tabouret, les mains repliées entre les genoux, fronça les sourcils, fit la moue et dit :

– Bon, je te décris ce qui va se passer, Mason. D'ici une minute ou deux, il va se mettre à vomir et puis cinq, peut-être dix minutes après ça, il va décoller.

Il regarda par la vitre et, de fait, Jessup avait commencé à vomir dans la bassine de porcelaine posée sur ses genoux. La bile verdâtre s'écoulait de ses lèvres sans effort et sans douleur apparente.

– Non, ce qu'il y a d'étrange avec ce composé, poursuivit Rosenberg, ce sont les hallucinations elles-mêmes. Elles sont itératives. C'est la première fois que je tombe sur une substance active qui produit des hallucinations itératives. J'en ai pris moi-même trois fois et, non seulement mes hallucinations sont les mêmes à chaque fois, mais encore elles ressemblent beaucoup à celles d'Eddie. C'est vraiment très étrange. Nous avons travaillé avec des doses de deux cents milligrammes les quatre dernières fois – moi-même une fois et Eddie trois – et voici ce qui se produit : tu te sens brusquement projeté en l'air dans le vide, il n'y a plus rien, une espèce de grand néant blanc. Puis une fente apparaît, et de la fente, surgit une forme semblable à une cellule. Cela possède une membrane et, au milieu, un noyau bouillonnant comme les roches fondues du centre de la terre. C'est ce que Jessup appelle le Ça incarné, le noyau originel de notre être, bouillonnant de nos pulsions les plus primitives et ce Ça vient à ta rencontre en flamboyant, un véritable enfer, brûlant comme le soleil. Quand je te le raconte comme ça, ça semble un peu effrayant, mais, pendant l'hallucination, tu ressens au contraire un sentiment de béatitude absolument génial. Eddie conserve toutes les bandes dans son bureau. Tu devrais les écouter...

Un membre du service de psychophysiologie ouvrit la porte et glissa la tête à l'intérieur de la pièce.

– C'est Wischenschaft qui nous autorise à utiliser cette pièce, dit Rosenberg.

L'intrus partit.

– Et qu'est-ce que ça contient exactement, ce truc que vous buvez? demanda Parrish.

– Rien d'extraordinaire. Des tas d'alcaloïdes. Principalement de la cryogénine, un peu de harmine et un peu de harmaline. Les principaux composants viennent d'un champignon, l'amanite tue-mouches, il y a du muscimol, de l'acide ibotanique, de la muscazone, les alcaloïdes de la belladone, un peu de muscarine, N-diméthyl-5-hydroxytryptomine et un peu d'acétylcholine.

– Dis donc, vous ne devez pas être loin des niveaux toxiques avec vos deux cents milligrammes.

– Oh, mais il n'est pas question d'en prendre plus que deux cents milligrammes, tu veux rire? Non, l'idée d'Eddie, c'est de recommencer tout ça en utilisant le caisson d'isolement du bâtiment B. Parce que le nombre d'interférences extérieures reste surprenant, dans les pièces comme celle-ci. On n'arrête pas d'apercevoir son propre reflet dans cette vitre, par exemple. On est loin des conditions optimales. Alors Eddie veut essayer d'en prendre deux cents milligrammes dans un caisson d'isolement, où les stimuli extérieurs sont radicalement éliminés.

Il se pencha pour examiner les tracés de l'électro-encéphalogramme.

– Regarde-moi ça, Mason. Il est passé d'un seul coup en plein rythme thêta. En moins d'une minute. Pas la moindre oscillation, rien. Le même tracé à chaque fois, pour nous deux. Eddie est convaincu que cette mixture va droit au système limbique, ce qui serait quand même assez effarant parce que je n'ai encore jamais vu de psychotrope qui ne se retrouve pas dans le foie ou dans les reins.

– Et si tu piquais deux ou trois rats pour suivre l'itinéraire de ton truc?

– Nous comptions te demander ce soir si nous pouvions utiliser ton labo.

– Mais bon Dieu, évidemment. Je vous passerai deux ou trois rats. Et si tu veux fractionner ton truc, je vous emmènerai au labo de Charlie Shimona. Tu connais Charlie?

– Non.

– Ce n'est pas la place qui lui manque, en bas.

La voix de Jessup résonna soudain dans l'intercom :

– C'est parti! branche le magnéto.

Rosenberg enfonça la touche du Sony et murmura :

– Vendredi 17 octobre 1975, 19 h 36...

Les bobines de la cassette se dévidaient lentement. La voix de Jessup sortit de l'intercom.

– Bon, c'est parti, je m'élève... il y a des tas d'interférences. Je distingue des odeurs. L'odeur de l'hôpital... Je distingue des reflets dans la vitre. Quelques distorsions spatiales. J'ai l'impression que

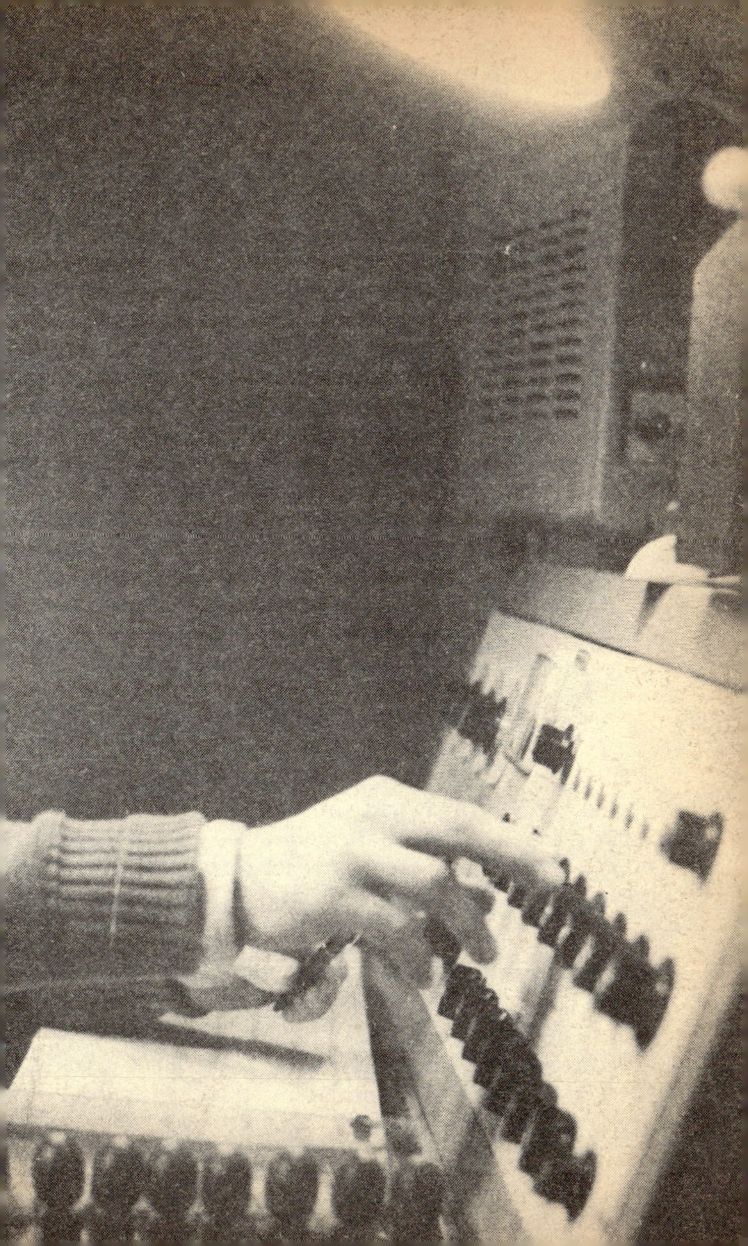

mon reflet est à une centaine de mètres de moi. Et maintenant je perçois des images intermédiaires... une avenue de menhirs, un cromlech de mégalithes, une blastula avec une membrane amniotique percée... ça y est, je me suis dégagé, je suis libre. Je suis là-haut. C'est le vide total, d'un horizon à l'autre, une étendue intemporelle de blanc. Je crois que toutes les hallucinations intermédiaires étaient temporelles. Toutes les images appartiennent à un passé très ancien, paléolithique. De vieilles, de très vieilles pierres; ce sont toujours de vieilles, de très vieilles pierres. Tu me rappelleras de faire quelques recherches de géologie. Je suis convaincu que les premières images ont un rapport avec le temps. Ça y est, la texture est en train de se modifier. La pâte devient plus épaisse, comme appliquée à grands coups d'un pinceau très large, avec des traînées, des bulles, comme d'habitude...

Un silence. Curieusement troublé, Parrish s'absorbait dans la contemplation des stylets grinçants de l'électro-encéphalogramme. La voix désincarnée de Jessup reprit son discours, résonnant dans l'atmosphère confinée de la salle de contrôle :

– La fente, la fente, c'est la fente qui est en train de se former. As-tu remarqué que la fente se forme par invagination comme le premier développement du tube neural de l'embryon?... Ça y est, l'image négative, tout est noir maintenant, le noir infini de l'espace. La fente est une ligne en fusion, bouillonnant comme un volcan, elle s'élargit à l'extrémité, le déroulement habituel, l'intégumentation, le noyau bleu bouillonnant, les mini-explosions astronomiques habituelles, des tourbillons de matière un peu partout, la naissance d'une étoile, enfin, quoi que ce soit, ça vient, ça vient...

– Qu'est-ce qui vient? marmonna Parrish.

– L'espèce de masse semblable à une cellule dont

je t'ai parlé, elle se dirige vers lui, expliqua Rosenberg.

– Et qu'est-ce qui se passe ensuite?

– Elle te mange.

– Comment ça, elle te mange?

– Elle vient droit sur toi, t'engloutit comme une paramécie, t'ingère, et tu te fais digérer dans le noyau bleu bouillonnant.

– Eh ben dis donc, c'est bizarre votre truc.

– Ma foi non, comme je te l'ai dit, c'est d'une extrême sérénité.

Voix de Jessup :

– Je suis dans le Ça, je suis dans le Ça...

La pièce fut plongée dans un silence soudain, étrange, dans lequel, au bout de quelques instants, on discernait le lent ronronnement des bobines de la cassette. Rosenberg était toujours perché sur son tabouret, les yeux fermés, les mains jointes entre les genoux. Au bout d'un long moment, il dit :

– Bon, ben voilà.

– Comment ça, bon ben voilà? dit Parrish. Qu'est-ce qui se passe après qu'on est entré dans le Ça?

– On s'endort, dit Rosenberg. Aucune de nos bandes ne va plus loin. Je suis entré dans le Ça à trois reprises mais je n'ai pas conservé le moindre souvenir. Toutes les bandes, même celles d'Eddie, s'arrêtent ici.

Ils demeurèrent assis un moment en silence. Par la vitre ils apercevaient Jessup, allongé sur son fauteuil, rigide, transporté, dans l'ombre diffuse de la pièce insonorisée.

– Et combien de temps ça dure? marmonna Parrish.

– Vingt minutes, une demi-heure.

– Qu'est-ce que ça gâche comme bande magnétique!

– Et le papier millimétré alors! On en a déjà

utilisé pour quatre cents dollars, à peu près. Eddie a soustrait ça sur ses crédits.

– Et bon, c'est tout?

– C'est tout.

– Qu'est-ce qui se produit quand il redescend?

– Rien. On va bouffer un hamburger.

– Mais bon Dieu, les mecs, on dirait deux gamins qui prennent de l'acide au dortoir!

– Tu devrais essayer une fois. Je t'assure que le voyage est vraiment étrange.

– Très peu pour moi, merci.

Le silence s'installa de nouveau entre eux. Le cigare de Parrish s'était éteint. Il le ralluma, tira quelques bouffées, étendit ses longues jambes et ferma les yeux. Les bobines de la cassette tournaient lentement.

– Regarde, regarde, dit soudain Rosenberg.

Parrish ouvrit les yeux. Debout devant la vitre, Rosenberg regardait dans la pièce insonorisée. Parrish se souleva à demi de son siège pour voir ce qui se passait. Jessup était toujours allongé, apparemment en proie à une transe immobile, la tête renversée en arrière sur le cuir capitonné du fauteuil, les yeux clos, mais son visage se tordait de grimaces féroces, sa bouche s'ouvrant pour former une espèce de rictus silencieux et étranglé, comme s'il avait désespérément tenté de dire quelque chose d'urgent, sans parvenir à former les mots. Puis sa voix explosa dans l'interphone.

– Un relief lunaire, chaleur épouvantable, tout criblé de cratères, coassa-t-il.

Rosenberg enfonça la touche de l'intercom.

– Ça va, Eddie?

– Très bien! brailla la voix de Jessup. Prends bien tout ça! c'est nouveau! Deux volcans jumeaux, leur cratère luisant comme des yeux de chouette! activité volcanique très très ancienne! antique fleuve de feu! débris pyroclastiques, lapillis! et voilà un grand bassin marécageux. Un géosynclinal! Bon Dieu! il se fend, ça se fend, tout est en train de se fendre! D'énormes masses de rochers s'élèvent en colonnes! c'est assourdissant! Le bruit est assourdissant! Tu m'entends? Un épouvantable déchirement de rochers! C'est une putain de montagne qui est en train de jaillir en grondant de l'abîme sans fond. Putain! c'est la chose la plus extraordinaire, la plus inimaginable que j'aie jamais vue. Des rochers de cinquante tonnes jaillissent de la mer, énorme croûte terrestre, des rocs chauffés à blanc, fumants, qui se brisent et retombent les uns sur les autres! Je suis en train d'assister à la gésine d'une montagne! Bon Dieu, tu entends ça! tout ce tremblement! à perte de vue! une rupture de l'écorce terrestre, une fracture du manteau qui s'étend à l'infini! Ça fait bien cinquante mètres de haut, maintenant, et ça ne cesse de grandir! c'est énorme! et le soleil devint noir comme un linceul, la pleine lune s'ensanglanta, et une immense montagne, brûlante d'un grand feu, fut précipitée dans la mer, et la bête monta de l'abîme sans fond, et l'ange de l'abîme sans fond, son nom est *ABADDON!*

Et brusquement, ce fut le silence. Par la vitre, ils apercevaient le visage de Jessup, serein de nouveau.

Rosenberg enfonça la touche de l'intercom.

– Ça va, Eddie? murmura-t-il dans le micro.

– Parfaitement bien, fit la voix de Jessup, étonnamment douce, calme, désincarnée.

– Veux-tu que je te fasse redescendre?

– Je t'assure que je me sens parfaitement bien.

– D'accord, dit Rosenberg.

Puis, se tournant vers Parrish, il ajouta :

– Lundi après-midi, ça va?

– Lundi après-midi quoi?

– J'aimerais apporter un peu de ce composé au labo pour voir s'il est possible de suivre son trajet.

– Oui, lundi, très bien.

Le lundi après-midi, Parrish et Rosenberg tirèrent trois rats de leur cage, leur injectèrent sept milligrammes par kilo de poids du composé préalablement marqué au tritium. Une heure plus tard, ils tranchèrent la tête des rats dans la boîte à guillotine du laboratoire. Têtes et corps furent ensuite autopsiés, les organes prélevés et broyés, et une aliquote de chaque organe introduite séparément dans le compteur à scintillation. Quand ils y introduisirent les cerveaux, le compteur se mit à cliqueter.

– Ce fils de pute avait vu juste, marmonna Parrish. Tout est dans la cervelle.

– Je te parie qu'on en récupère au moins la moitié, dit Rosenberg.

– Plus que ça, dit Parrish. Bon sang, on a mis le doigt sur quelque chose de rudement bizarre.

Le mercredi, ils vérifièrent et confirmèrent leurs résultats par histofluorescence. Ce jour-là, Jessup, qui n'avait pas cours le mercredi, se joignit à eux. Ils piquèrent trois autres rats, leur coupèrent la tête, prélevèrent leurs organes qu'ils coupèrent au microtome avant d'appliquer sur les lames des anticorps dont certains avaient été rendus fluorescents. Puis ils examinèrent chaque lame au microscope à ultraviolets. Les complexes antigènes-anticorps fluorescents apparaissaient sous forme de petites taches brillantes. La substance s'était manifestement fixée dans le système limbique, plus particulièrement dans la corne d'Amon.

– Si j'ai encore les yeux en face des trous, dit Parrish, ils ont pénétré à l'intérieur des cellules nerveuses.

– Mince, dit Jessup, à l'intérieur même des noyaux, bon sang!

– Il va falloir que je fractionne ce truc-là, dit Rosenberg.

Le lundi 27 octobre 1975, Parrish et Rosenberg, portant trois bacs d'organes de rats, descendirent au laboratoire de biochimie de Charles Shimona, dont ils découragèrent l'aimable curiosité orientale avant d'homogénéiser les organes dans un mélangeur puis de verser le mélange obtenu dans une ultracentrifugeuse à deux mille tours par seconde. Au bout de vingt minutes, ils prélevèrent la couche de noyaux plus lourds qui avait sédimenté et examinèrent l'homogénat. Ils y retrouvèrent quelque 70 pour cent du composé et 80 pour cent de ces 70 pour cent dans les noyaux eux-mêmes.

– Je suis prêt à parier que cette saloperie est à l'intérieur des chromosomes, marmonna Parrish.

Ils introduisirent une aliquote de la solution dans le tube d'un chromatographe, y versèrent un solvant et le laissèrent filtrer. Jessup les rejoignit trois heures plus tard, après ses cours de l'après-midi. Parrish et Rosenberg étaient en train de prélever le filtrat et de le verser dans un spectromètre à scintillation qu'ils avaient programmé pour les constituants du composé. Ça collait. De nouveau, ils récupérèrent une énorme proportion de la drogue contenue, pour la plus grande partie, dans les noyaux.

– Z'avez déjà entendu parler d'un psychotrope agissant au niveau nucléaire? marmonna Parrish.

– Jamais, dit Rosenberg. Ils altèrent les membranes, ou les synapses, ou bloquent les sites récepteurs.

– Il n'y a que les antimétabolites qui agissent au niveau nucléaire.

– J'aimerais voir si elle se lie aux acides nucléiques, dit Jessup.

– Ah oui? Alors on ferait mieux de s'inscrire tout de suite, dit Parrish, parce que la dernière fois que j'ai eu besoin de cristallographie aux rayons X, j'ai dû attendre mon tour deux semaines.

Bien évidemment, Parrish se passionnait désormais pour l'enquête. Il en était même obsédé. Une nuit, au beau milieu d'une séance animée avec une étudiante en médecine de Tufts, il s'interrompit, se dégagea des jambes de la fille et gagna lourdement le téléphone pour appeler Jessup chez lui. Il était minuit passé et Jessup dormait depuis 10 heures.

– Dis donc, Eddie, entama Parrish, il faut qu'on détermine sa demi-vie. Il y a des rats que nous avons laissé poireauter une heure avant de les découper. Qui sait combien de temps ce truc serait resté dans leur cerveau? Il y a longtemps qu'on aurait dû le faire. J'aimerais connaître sa demi-vie. J'aimerais connaître le système de transport. J'aimerais savoir comment elle franchit la barrière sang-cerveau. J'aimerais mettre la main sur des substances analogues.

– D'accord, d'accord, bâilla Jessup. De toute manière, nous n'aurons pas accès au caisson d'isolement avant trois semaines.

Pour tout dire, Jessup rencontrait des difficultés à cet égard. Il désirait utiliser le caisson qui occupait une salle des sous-sols de la faculté de médecine mais ce genre d'expérience était passé de mode, sur la côte Est, en tout cas, depuis la fin des années soixante, et la salle du caisson, que personne n'utilisait plus, avait depuis longtemps été fermée à clef. La clef avait disparu et le directeur administratif lui-même semblait incapable de la retrouver. Jessup finit par remettre la main dessus, dans les bureaux du Centre d'études cognitives de Harvard. Quand il pénétra dans la pièce, ce fut pour découvrir qu'elle avait servi de débarras. Les réparations nécessaires étaient considérables. Il fallait refaire entièrement les circuits électriques du caisson pour les enregistrements sonores et polygraphiques. Quant à l'insonorisation de la pièce, une remise en état s'imposait. Le caisson lui-même était un peu plus petit que ceux que Jessup avait utilisés dans le Maryland et à Cornell. Sa ressemblance avec un cercueil s'en trouvait accrue. C'était un caisson à l'ancienne mode muni d'un couvercle à charnières. Il ne mesurait qu'un mètre vingt de haut. Quarante centimètres d'eau suffisaient. Jessup dut attendre jusqu'au mercredi après-midi, 7 janvier, pour pénétrer dans le caisson.

Entre-temps, ils avaient injecté le mélange à des dizaines de rats pour tenter de déterminer la durée de son séjour dans l'organisme, ses mouvements à travers le corps, et les similitudes qu'il présentait avec d'autres produits et composés chimiques. Son action était un parfait exemple de synergisme, c'est-à-dire qu'aucun des produits chimiques qui entraient dans sa composition ne pouvait rendre compte à lui seul de l'action du mélange. Injectés séparément à des rats, ces produits n'étaient pas récupérés, signe qu'ils avaient été dégradés dans l'organisme et éliminés. Toutefois, ils n'avaient pas encore déterminé si le synergisme nécessitait le mélange complet ou seulement la combinaison de deux ou trois des quatre substances qui entraient dans sa composition. Ils n'avaient même pas entamé la série de tests qui serviraient à le montrer, tout cela pouvait encore durer des mois. Parrish passait désormais plusieurs heures par jour sur le mélange et commençait même à râler :

– Je passe plus de temps sur votre saloperie que sur mes propres conneries, grommelait-il.

Le mardi 6 janvier, ils avaient reçu les clichés de la cristallographie aux rayons X. Les résultats n'étaient pas satisfaisants. Si les substances marquées semblaient bien se fixer sur l'ADN, elles n'y apportaient aucune altération apparente. Il était 6 heures tout juste passées quand Parrish appela Jessup chez lui pour lui en parler.

– Pas d'altération de l'ADN? demanda Jessup.

– Non. Mais je crois que tu ne devrais plus prendre de cette saloperie. C'est pas du LSD, bon sang! On n'a pas affaire à un simple inhibiteur de synthèse de la sérotonine! Combien de grammes de cette saloperie crois-tu avoir déjà emmagasinés dans ton organisme – deux, trois? T'es peut-être en train de te fabriquer un cancer carabiné, avec un tel tas d'antimétabolites dans le corps, bon Dieu! Cette merde se fixe dans l'organisme et a l'air d'y rester incroyablement longtemps!

– Laisse tomber, Mason, nous avons une demi-douzaine de rats qui en sont bourrés jusqu'aux yeux et pas un seul ne présente de réaction pathogène.

– Ecoute, j'estime que tu devrais cesser d'avaler cette saloperie jusqu'à ce que nous ayons fini de l'analyser, voilà! Quand est-ce que la salle du caisson sera prête?

– Demain.

– Demain!

– Arthur ne t'a pas prévenu?

Parrish se tourna vers Rosenberg qui était assis à l'autre bout du bureau.

– Qu'est-ce que c'est que cette histoire – demain?

– Je t'ai dit hier que la pièce était prête.

– Et alors? Tu ne vas quand même pas le laisser avaler une nouvelle dose de cette saloperie, j'espère?

Rosenberg tira sur sa pipe et s'accorda un long temps de réflexion. Croisant les mains sur les genoux, juste au-dessous de sa brioche naissante, il sourit d'un sourire fort bref.

– Ecoute, Mason, c'est un joli petit problème, que nous avons sur les bras, tu ne trouves pas? Il y a de quoi gamberger! Une grande quantité du produit se fixe dans la corne d'Amon. Il y en a des traces importantes dans l'axe hypothalamo-hypophysaire et dans la région de l'épiphyse, mais enfin, la plus forte concentration, c'est dans la corne d'Amon. Les tracés encéphalographiques présentent d'emblée des rythmes thêta. Pas de pointe, rien. La corne d'Amon est tout particulièrement associée aux rythmes thêta. Or, il semble bien qu'en modifiant les rythmes thêta, on est en mesure de modifier la perception du temps. Donc, cette substance pourrait bien avoir quelque chose à faire avec le temps, une dimension temporelle. Le système limbique pourrait être le siège de nos réminiscences prénatales les plus anciennes. A n'en pas douter, elle provoque des hallucinations qui sont bien de cet ordre.

Il leva vers Parrish des yeux que la curiosité allumait, un léger sourire pensif errant de nouveau sur ses lèvres.

– Oui, j'aimerais faire un pas de plus dans cette recherche. J'aimerais voir ce qui se produira quand Eddie absorbera encore deux cents milligrammes et s'allongera dans le caisson en se programmant pour remonter dans le temps. Enfin, quoi, ce ne sont pas deux cents milligrammes de plus qui vont le tuer, merde! Tu n'es pas curieux, même un tout petit peu?

Parrish le dévisagea froidement :

– Très bien, les mecs, allez-y. Vous vous conduisez en irresponsables et vous n'allez pas tarder à vous attirer des ennuis. Mais ne comptez pas sur moi.

Il reporta son attention sur le combiné.

– Désolé, Eddie, dit-il à Jessup, j'ai retenu l'ordinateur pour demain après-midi et j'ai deux semaines de travail en retard à cause de votre fichue drogue à tous les deux. Alors ne compte pas sur moi pour vous rejoindre dans votre putain de salle d'isolement. D'ailleurs, j'aimerais mieux ne pas vous revoir un bout de temps, les mecs.

Il raccrocha violemment et se tourna vers Rosenberg.

– Si on apprend que vous êtes en train de vous livrer à des expériences sur des sujets humains sans dispense officielle, tu sais très bien que vous serez dans la merde, pas vrai? Non, les mecs, vous vous conduisez d'une manière vachement anti-scientifique, vous violez tous les principes de la recherche et je ne veux plus prendre aucune part à vos conneries. Alors, ne comptez pas sur moi, pour demain, et puis, même, ne comptez plus du tout sur moi, jamais. Je veux me sortir de cette saloperie pendant qu'il en est encore temps. Je me retire, voilà.

Cette nuit-là, à 2 heures du matin, le journal de Jessup pour le 7 janvier 1976 rapporte qu'il eut une espèce de retour en arrière psychédélique. Il s'éveilla en proie à une vive terreur, avec le sentiment que des animaux de petite taille couraient sur tout son corps et se nourrissaient de lui. Rejetant drap et couverture, il vit que son corps enflait et se contorsionnait comme si des forces intérieures s'apprêtaient à en crever la surface. Un de ses bras, par exemple, se rétrécit jusqu'à former un petit membre recourbé et couvert de fourrure, très semblable à une patte de rat. Brusquement, ses pieds se palmèrent puis, tout aussi brusquement, revêtirent l'aspect de pieds proto-humains, dépourvus de fourrure. Son crâne lui faisait mal et, quand il le toucha, il sentit que les os, particulièrement ceux de la mâchoire et des arcades sourcilières, changeaient de forme sous sa peau. Il ressentit plusieurs chocs à la base du crâne. Sa cage thoracique s'enfla démesurément en une musculature puissante puis, au contraire, se rétrécit jusqu'à devenir celle d'un étrange petit mammifère arboricole. Pendant tout ce temps, il demeura allongé sur le dos, tout raide, vêtu de son seul pantalon de pyjama et complètement éveillé. Cela ne faisait pas l'ombre d'un doute. Les images qu'il voyait n'avaient aucun caractère onirique.

Il avait une compagne, cette nuit-là, une des filles du sérail d'étudiantes en troisième année que s'était constitué Parrish. Tirée de son propre sommeil par la brutalité de son réveil à lui, elle lui demanda d'une voix assoupie s'il allait bien. Il répondit que oui. Par un grand effort de volonté, il quitta le lit. Ce fut pour tomber aussitôt à genoux, non sous l'effet de la crainte ou de la faiblesse, mais bien parce que quelque chose, dans sa moelle épinière, le poussait soudain à marcher à quatre pattes.

Un instant plus tard, il fut de nouveau en mesure de se mettre debout et il gagna prudemment la salle de bains, s'y enferma à double tour, alluma la lumière et entreprit de s'examiner dans le miroir en pied. Pendant ce temps, son corps ne cessait de s'agiter, de se fendre et de se distordre et ce qu'il aperçut dans la violente lumière de la salle de bains, reflétée dans le miroir, fut une série d'images récapitulatives de l'évolution dont aucune ne dura plus d'une seconde. La plupart des images étaient celles d'hominidés ou de proto-humains, du genre ramapithèque, mais il aperçut aussi plusieurs images d'une espèce de lémurien arboricole et insectivore, aux doigts longs et délicats qui, perché dans un arbre, agrippé à une branche, le dévisageait avec des yeux immenses et doux.

Le tout ne dut guère durer plus de trente secondes puis, brusquement, tout s'arrêta. Debout dans la salle de bains, il contempla le reflet de son corps mince et blanc, incapable de bouger mais en proie à une étrange exultation. Sa compagne avait apparemment quitté le lit elle aussi. Elle l'appelait à travers la porte close de la salle de bains.

– Tu vas bien, Eddie?

– Très bien, très bien, la rassura-t-il.

Et, pour éviter toute nouvelle question, il sortit de la salle de bains et se dirigea vers le salon.

– J'ai simplement besoin de prendre quelques notes, ajouta-t-il en allumant la lumière.

Assis à son bureau, il se mit à écrire le récit de l'expérience, de sa petite écriture précise et nerveuse. Un moment, il dut s'interrompre parce que son bras droit, posé sur le bureau, produisit brusquement une espèce de substance protoplasmique qui remonta sous sa peau comme une taupe et disparut à l'intérieur de son coude. Il assista au phénomène avec ébahissement puis se remit à écrire. Quand il eut fini, il retourna se coucher et sombra dans un sommeil profond.

A 4 h 15 de l'après-midi, ce mercredi-là, Mason Parrish finit par se décider à se rendre dans la salle du caisson d'isolement malgré tout. Il lui fallait bien reconnaître que cela l'intéressait – comment aurait-il pu en être autrement? Quelque chose en lui lui disait pourtant de ne pas y aller, le sentiment profond d'une catastrophe imminente, d'une horreur prochaine, une espèce d'intuition pénétrante qui ne lui ressemblait guère. Il s'y rendit néanmoins. Quittant la salle de l'ordinateur sans y avoir accompli plus de la moitié de son travail, il enfila sa veste fourrée de peau de mouton par-dessus sa longue blouse blanche et traversa de son pas pesant la cour rectangulaire de la fac de médecine, courbé en avant dans l'air glacé de janvier et la grisaille du crépuscule. Il gravit les degrés du perron du bâtiment B, descendit l'escalier qui menait au sous-sol et, après avoir demandé à deux jeunes étudiants qui passaient le chemin du caisson d'isolement, finit par découvrir la porte de la salle à la moitié d'un corridor encombré de caisses et de cartons au long duquel s'alignaient des armoires métalliques. Il ouvrit la porte et entra. La salle de contrôle et d'observation pouvait facilement loger quatre ou cinq personnes. Jessup et Rosenberg y avaient installé une partie de leur équipement portatif personnel, un appareil à électro-encéphalogramme et un intercom avec casque d'écoute. Les vestes fourrées de ses amis s'empilaient dans un coin. Déboutonnant la sienne, il l'ajouta à la pile. Un grand miroir sans tain donnait sur la pièce qui contenait le caisson. Elle était assez sombre et l'éclairage lui permit tout juste de distinguer le caisson qui trônait au beau milieu, long de deux mètres cinquante et peint en noir. Parrish n'avait jamais vu de caisson d'isolement et trouva qu'il ressemblait étrangement à un cercueil ordinaire. Jessup devait déjà être dedans. Debout sur un petit escabeau, penché au-dessus du caisson, Rosenberg fixait des électrodes sur le crâne de Jessup. Parrish ouvrit la porte de communication entre les deux pièces et pénétra dans la salle du caisson. Rosenberg leva les yeux.

– Coucou, quelle bonne surprise! dit-il dans un sourire. Alors, t'as pas pu résister, hein?

– Fallait que je voie un peu à quelle sorcellerie vous alliez vous livrer, les mecs, dit Parrish.

Il regarda par-dessus le rebord du caisson. Jessup

y était allongé, tout nu, dans une eau noire comme de l'encre, juste sous la surface, immobile, grande forme pâle parcourue d'un infime tremblement, tout juste perceptible, comme un énorme poisson mort, le ventre en l'air. Ses chevilles reposaient sur une espèce de coussinet chirurgical, apparemment destiné à éviter que ses pieds ne s'enfoncent sous l'eau. Son visage crayeux, que rendaient plus grotesque encore les électrodes qui saillaient de son crâne, s'éclaira d'un sourire à l'adresse de Parrish et il agita quelques doigts en signe de bienvenue.

– Content que tu sois venu, Mason, murmura-t-il.

– Qu'est-ce que vous avez, là-dedans, une solution salée? demanda Parrish.

– Sulfate de magnésium à dix pour cent, dit Rosenberg qui en avait terminé avec ses préparatifs pour l'électro-encéphalogramme.

Glissant les fils reliés aux électrodes dans les trous minuscules dont les parois du caisson étaient munies à cet effet, il descendit de l'escabeau et ajouta, à l'adresse de Parrish :

– Tiens, donne-moi un coup de main avec le couvercle, s'il te plaît.

Le couvercle d'aluminium était appuyé contre un mur dans l'obscurité. Rosenberg alla le chercher et, à eux deux, ils le placèrent soigneusement sur le caisson. Parrish remarqua qu'une section du couvercle, celle qui correspondait à la tête, était munie de charnières. Brusquement, il s'identifia à Jessup, se vit allongé dans le caisson tandis que le couvercle se refermait, l'engloutissant dans des ténèbres suffocantes.

– Brrr, ça fait froid dans le dos, mec, dit-il, à voix basse à Rosenberg qui l'entraînait vers la salle de contrôle et d'observation.

Ce dernier enfonça la touche de l'intercom et murmura dans le micro :

– Un-deux-trois-quatre...

– Un-deux-trois-quatre... fit la voix de Jessup dans le haut-parleur.

– Parfait, ça marche, dit Rosenberg.

Il mit le magnétophone en marche et murmura :

– Mercredi 7 janvier 1976, 16 h 28.

Puis il tira un polar de la poche revolver de son jean, se percha sur un tabouret et se mit à lire.

Debout devant le panneau vitré, les mains enfoncées dans les poches de sa blouse, Parrish regardait dans la salle du caisson, troublé par l'austère cercueil noir, à peine visible dans la pénombre sépulcrale.

– Il a déjà pris la drogue? demanda-t-il à Rosenberg.

– Mais bien sûr, ça fait presque un quart d'heure.

A l'intérieur du caisson, Jessup était allongé, pâle et nu, absolument immobile, abandonnant son corps à sa propre inertie tranquille, absorbé dans la contemplation du noir qui devenait plus noir encore, sentant sa propre respiration s'approfondir et devenir plus sonore jusqu'à acquérir une forme qui lui était propre, emplir tout l'espace et, soudain, faire place à un silence absolu, impressionnant. Une image passagère traversa brièvement l'absence noire de tout espace – un promontoire de colonnes basaltiques. Nouvelle image : une mer noire se retirait lentement, baissait, s'asséchait. De nouveau le noir silence. Puis une nouvelle image passagère, entr'aperçue, celle d'une plaine stérile dont les vagues ondulations étaient semées de roches brisées. De nouveau la mer qui se retirait avec, cette fois, l'impression qu'il s'y enfonçait, s'y noyait. Puis le silence dense, noir, de nouveau.

Dans la salle de contrôle, Rosenberg lisait et

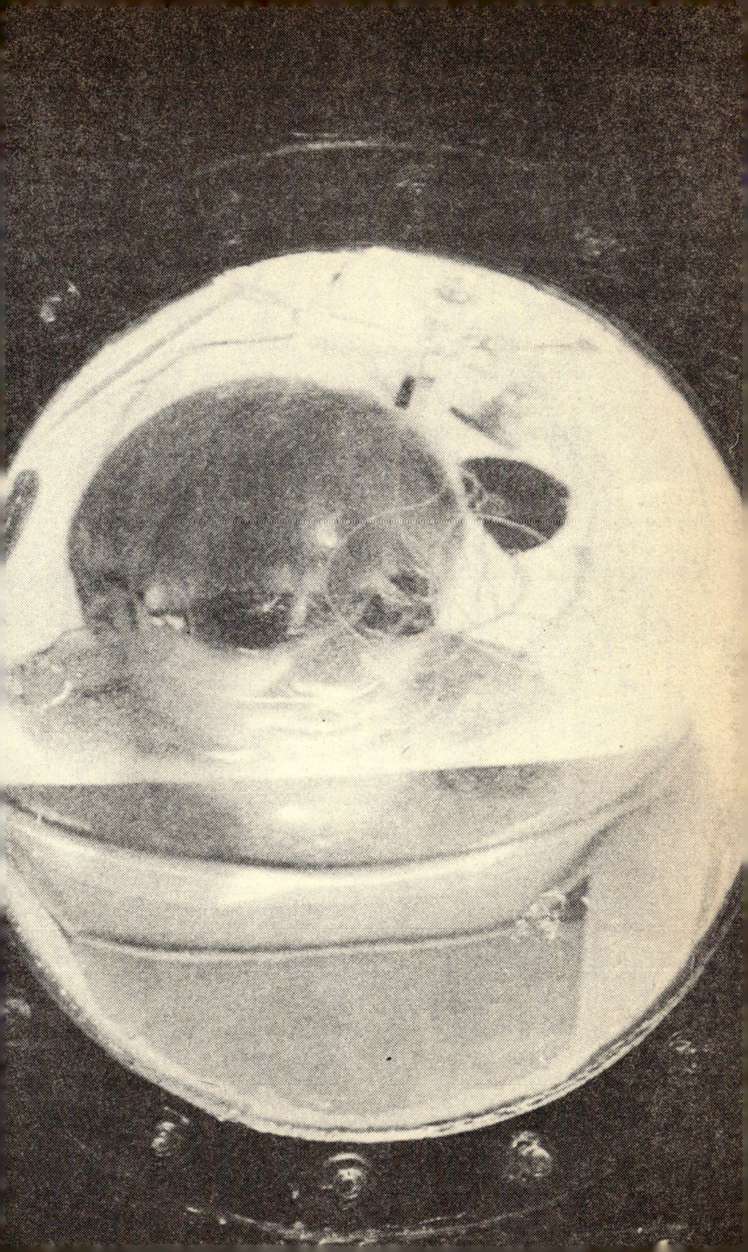

Parrish s'était tassé sur une chaise de bois pliante, courbé en avant, les outils de sa profession sortant en partie des poches de sa blouse – un stéthoscope, un ophtalmoscope, des stylos, une lampe-crayon. A 16 h 47, la voix de Jessup, dans le haut-parleur, les tira l'un et l'autre de leur engourdissement.

– Ça y est, disait-elle.

Rosenberg murmura dans le magnétophone :

– Premières manifestations : 16 h 47.

Il remarqua que la cassette touchait à sa fin et en prépara une de rechange.

– Qu'est-ce qui va se passer, maintenant? demanda Parrish.

Rosenberg s'apprêtait à répondre quand la voix de Jessup résonna de nouveau dans le haut-parleur.

– Des tas d'images sans suite mais très précises : coléoptères, asticots, mouches coprophages, passages d'oiseaux au bec muni de dents, grèbes, oies, vautours, puffins, fous, mouettes – un oiseau coureur, assez voisin de l'autruche, mais qui mesure bien trois mètres de haut, une taupe marsupiale, un castor de la taille d'un ours – je suis manifestement dans un espace-temps extrêmement primitif – je commence à distinguer le paysage, maintenant, c'est fantastique – des plantes tropicales avec des feuilles énormes, des palmiers, des bananiers, des jujubes, des joncs, des roseaux, de hautes herbes – oh! c'est vraiment formidable! une espèce de plateau ou de plaine basse, des étendues d'herbe, une savane – la vision est totale, maintenant, extraordinairement réelle, rien d'hallucinatoire, je me sens vivre, présent à l'intérieur de ce paysage! Je distingue des bois plus denses, à un peu plus d'un kilomètre, et au-delà, des montagnes, on dirait qu'elles fument, ce sont des montagnes jeunes, qui viennent d'apparaître, du cénozoïque, la fin du tertiaire. Je suis à l'orée d'un bois – il règne une tranquillité absolue, mais il y a de la vie, dans les branches, dans les joncs, c'est le paradis, le jardin d'Eden, oh, mon Dieu! la naissance de l'homme! C'est ça! C'est la naissance de l'homme! Ça ne peut être que ça! C'est une certitude! Mon Dieu! Le voilà! Un protohumain! La première forme originale vraiment humaine! Tout petit! Un mètre vingt, peut-être. A peine visible dans les hautes herbes! Complètement recouvert de fourrure, comme un chimpanzé, mais complètement érigé, les bras plus courts, il ne s'appuie pas sur les mains repliées pour avancer, sa démarche est plutôt gracieuse – il y en a deux, non, trois! Les jambes courtes, mais bipèdes, les pieds assez mal formés, encore simiesques, dépourvus de voûte plantaire – ils continuent de se déplacer parmi les hautes herbes, ce sont de petites créatures humanoïdes couvertes de fourrure, elles ont une grosse pierre à la main, une espèce de roche basaltique, un éclat de lave, ils chassent, c'est ça! C'est bien une chasse! Ils chassent quelque chose – moi! Oh, c'est moi, c'est moi qu'ils chassent, c'est merveilleux! Incroyable, magnifique! Je cours dans l'herbe! J'essaie d'atteindre les arbres! Ils me prennent de flanc! Je suis atteint par une pierre. Je tombe! Ils sont sur moi! Non, un seul! Je lui appartiens, je suis sa proie! Les autres devront attendre leur tour! Il me frappe de son morceau de lave éclaté! Il m'arrache des morceaux de chair avec son caillou! Il me perce les tripes! Aucune douleur! Aucune douleur! Pas la moindre douleur, je vous dis! Il me dévore! Il déchire ma chair! Il m'arrache la peau avec les ongles! Mais bien sûr! C'est moi! C'est mon Moi primitif qui me dévore! Je retourne à mon Moi originel! Sensation incroyable! Ineffable! Béatitude! Absolument transcendantal! Je suis lui et il est moi! Je chasse! Je tue! Je mange! Je suis en train de manger la chair chaude et sanglante d'une chèvre géante! Une faim pure, ultime, me possède! Le Ça! Le Ça incarné!

A ce point, le récit presque hystérique, au débit frénétique, de Jessup s'interrompit sur un curieux coassement, suivi d'une série de petits cliquetis rapides, puis d'un étrange hululement étranglé.

C'en était trop pour Parrish. Ouvrant brutalement la porte de communication, il se précipita dans la salle du caisson et, marchant droit à celui-ci, en ouvrit le couvercle à charnières.

Depuis l'obscurité du caisson, le pâle visage de Jessup fixait sur lui un regard aussi serein que celui d'un saint de pierre.

– Tu vas bien? demanda-t-il au pâle visage.

– Formidable, formidable, murmura le pâle visage.

Rosenberg était venu rejoindre Parrish près du caisson.

– Tu veux redescendre? demanda-t-il au visage de Jessup.

– Non.

Rosenberg rabattit lentement le couvercle, haussa les épaules et regagna la salle de contrôle. Un instant plus tard, Parrish le rejoignit, refermant doucement la porte derrière lui.

– J'ai cru que ça allait mal pour lui, dit-il à Rosenberg.

– Certains de ces « voyages » en caisson peuvent être assez terrifiants, lui concéda Rosenberg.

Il se percha de nouveau sur son tabouret, coiffa le casque de l'intercom. Parrish se laissa tomber sur sa chaise; il se sentait plutôt nerveux.

Soudain, le haut-parleur émit un nouveau coassement, une série de claquements de langue et quelques bruits de lèvres. Parrish se leva aussitôt, de plus en plus nerveux. Rosenberg demanda dans le micro :

– Tu vas bien?
– Au poil, répondit Jessup d'une voix douce.
Et il n'émit plus un autre son pendant tout le reste de la séance (qui dura trois heures et demie), à l'exception des réponses qu'il fit aux questions inquiètes que lui posait de temps à autre Rosenberg. Les bandes se déroulaient lentement, dans le plus grand silence. Quand on les écoute, on n'entend que le souffle des cassettes pendant des périodes qui peuvent atteindre quarante minutes, puis on entend la voix de Rosenberg qui murmure : « Tu m'entends, Eddie? » « Oui. » « Tu vas bien? » murmure Rosenberg. « Oui. » « Qu'est-ce qui se passe? Tiens-moi au courant » reprend Rosenberg. Silence. « Tu es sûr que tout va bien? » demande Rosenberg. « Oui. » « Tu veux arrêter? » « Non. » « Tu veux que je te laisse tranquille? » « Oui. »
Jessup ne redescendit pas avant 20 h 46. Sa voix résonna soudain dans les écouteurs de Rosenberg sous la forme d'un bizarre grognement. Rosenberg posa son polar et demanda :
– Tu vas bien, Eddie?
Sur la bande, on peut alors entendre un faible grincement – produit probablement par le couvercle du caisson que Jessup dut soulever à ce moment-là. Car en pénétrant dans la salle du caisson, Parrish et Rosenberg trouvèrent Jessup à demi sorti du caisson dans la pénombre. Parrish lui tendit son peignoir de tissu éponge à capuchon et Jessup entreprit de se sécher les cheveux. Rosenberg prit la parole.
– Je n'aime pas perdre le contact aussi longtemps, Eddie.
Jessup approuva de la tête et continua de se frotter, étrange silhouette de moine dans la pénombre de la pièce, enveloppée dans le peignoir som-

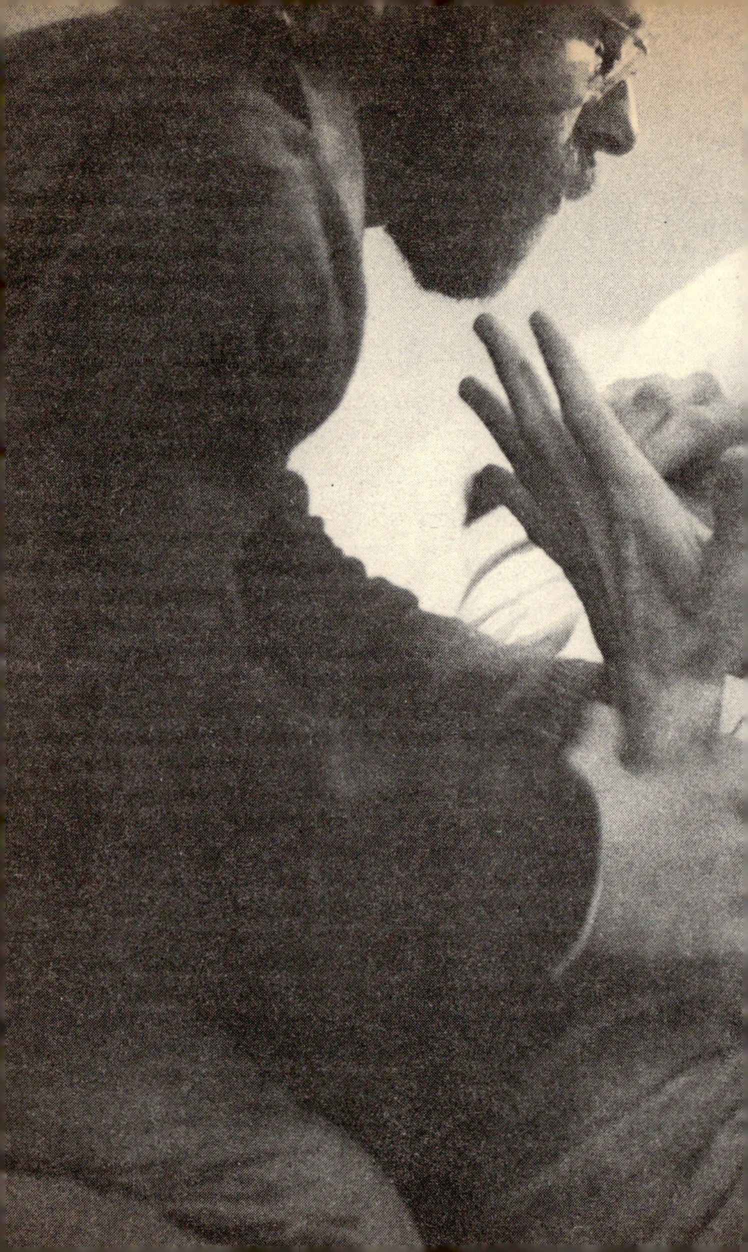

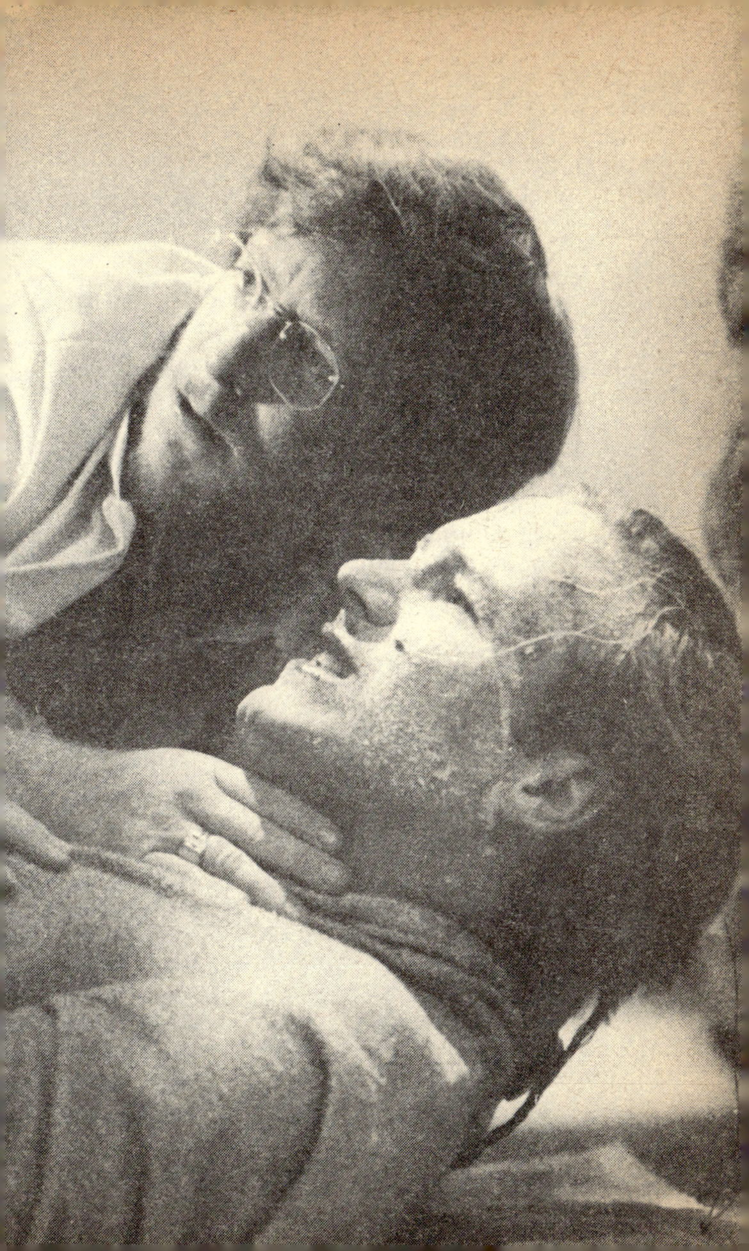

bre, capuchon ramené sur la tête, visage invisible dans le noir, à l'exception des deux taches blanches et humides de ses yeux. Ses compagnons se rendirent brusquement compte du fait qu'il tentait de leur dire quelque chose. Ses mâchoires remuaient, mais il n'en sortait qu'une espèce de grognement rauque. Ses yeux leur lançaient une espèce d'imploration muette. Il tenta de nouveau de parler mais ne produisit que quelques claquements de langue. Il s'affaissa doucement sur les genoux, la tache humide et blanche de ses yeux exprimant une surprise hébétée dans l'ovale noir délimité par le capuchon du peignoir.

Tendant la main, Parrish tira le capuchon en arrière. Dans l'obscurité de la pièce, le visage de Jessup semblait porter un collier de barbe sanglante. Rosenberg alluma la lumière. Alors ils virent Jessup à genoux, au milieu de la pièce, son corps blanc enveloppé dans le peignoir, le visage levé, la bouche et les joues maculées de sang frais. Le sang avait commencé à sécher là où il l'avait frotté avec la serviette. A le voir, on aurait juré qu'il venait de se repaître de la chair d'un animal éventré.

– Merde, il a dû se mordre les lèvres, dit Parrish, qui entreprit d'essuyer le sang avec le peignoir.

Il sentit la main de Rosenberg se poser sur son épaule, un peu hésitante, et il leva les yeux.

– Tu veux recueillir un échantillon de ce sang? demanda Rosenberg.

– Pour quoi faire? demanda Parrish.

Les deux hommes se dévisagèrent.

– Oh, pas de conte à dormir debout, je t'en prie! aboya Parrish.

Il ôta sa blouse blanche, retira son tee-shirt, le mouilla dans le caisson et s'en servit pour nettoyer le visage de Jessup. Une partie du sang avait commencé à coaguler. Aucune déchirure n'était apparente sur les lèvres et, quand il fourra sa lampe-crayon dans la bouche et les narines de Jessup, il ne put y découvrir aucune source de l'hémorragie.

– Il a dû avoir une convulsion, se cogner la tête ou un truc comme ça, marmonna-t-il, se parlant plutôt à lui-même.

Pendant tout ce temps, Jessup était demeuré à genoux, manifestement en état de choc, les yeux levés vers un espace qu'il était seul à voir, bouche bée.

– Bon Dieu de merde! marmonna Parrish, qui s'était accroupi pour se livrer à son examen.

Il se redressa en faisant craquer ses articulations et entreprit de palper la tête de Jessup, à la recherche d'une blessure quelconque qui pourrait expliquer le saignement. Apparemment, Jessup commençait à se remettre du choc. Il semblait vouloir parler de nouveau, toujours sans y parvenir. Ses mâchoires et sa bouche remuaient mais il n'en sortait qu'une espèce de sifflement et des claquements de langue. Il tendit une main à Rosenberg pour qu'il l'aidât à se relever. A eux deux, ses amis parvinrent à le faire remettre debout. Il semblait aller bien. Le choc s'était dissipé. Ses yeux réagissaient avec intelligence, ils semblaient même briller d'excitation contenue. Et un bref sourire se dessina même sur ses lèvres. Il fit signe qu'il ne pouvait parler et désirait écrire et entraîna les autres dans la salle de contrôle où il s'assit sur la chaise pliante et se mit à écrire à toute vitesse sur le bloc-notes de Rosenberg. Ce dernier se pencha par-dessus son épaule et lut le message à haute voix :

– « Je ne peux pas parler, en dehors de ces grognements. »

– Tu m'entends? Tu me comprends? demanda Parrish.

Agacé, Jessup fit oui de la tête et griffonna un

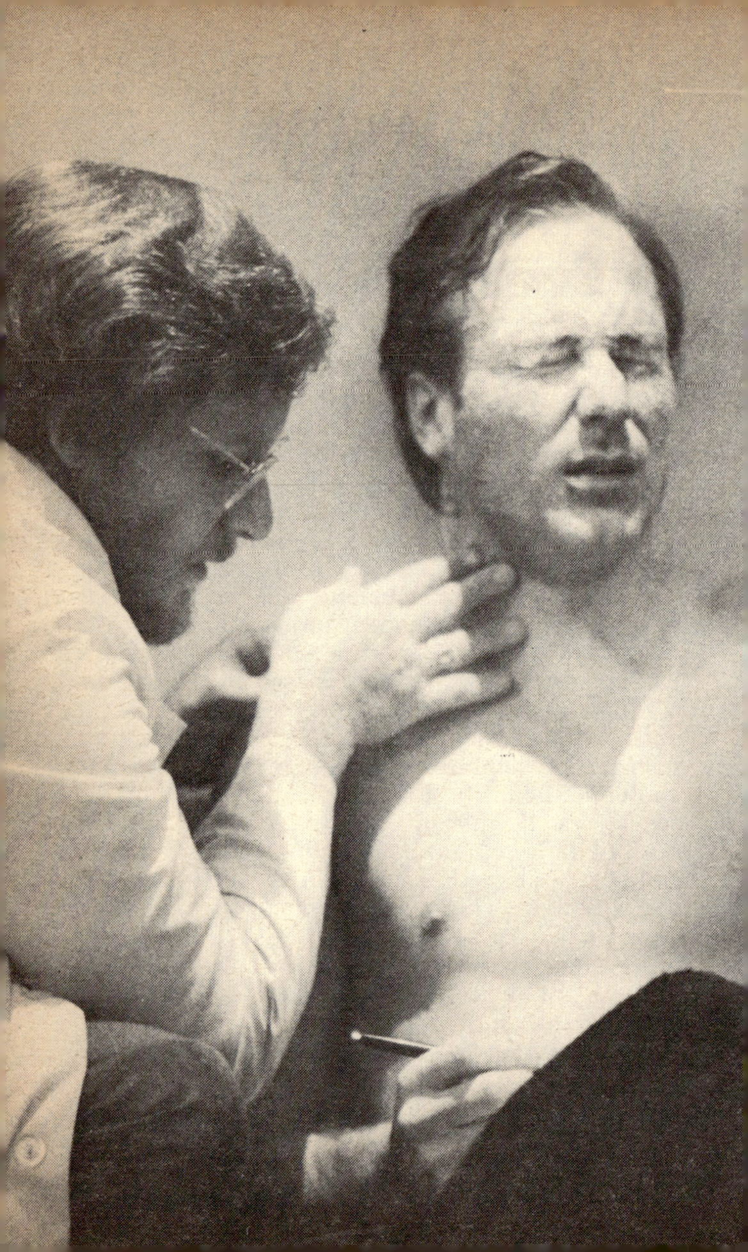

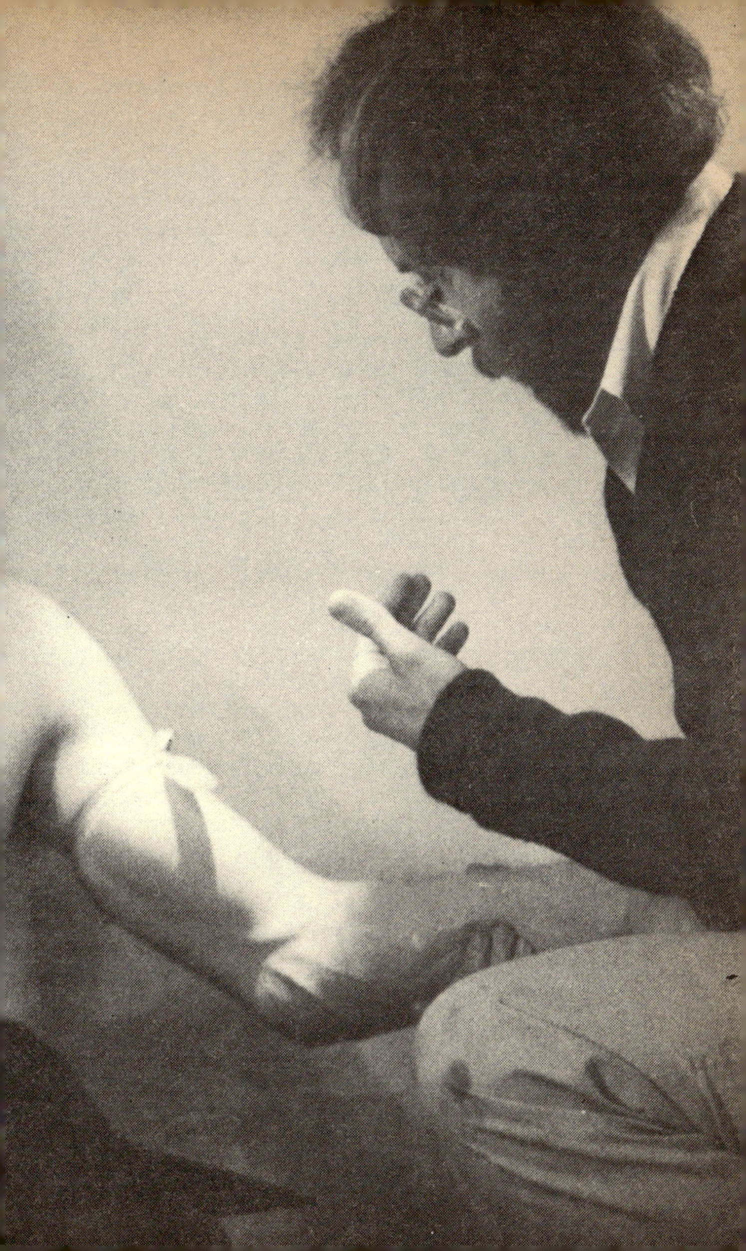

autre message. Rosenberg regarda le bloc-notes.

– Pourquoi veux-tu qu'on te prenne du sang? demanda-t-il.

Jessup était manifestement agacé et mécontent de la gaucherie et des lenteurs de cette forme de communication. Quand Parrish fit mine de lui palper le cou et la gorge, il écarta ses mains avec colère. Il se remit à griffonner comme un furieux sur le bloc-notes.

– Qu'est-ce qu'il dit? demanda Parrish.

– Il dit, fit Rosenberg, déchiffrant au fur et à mesure, « je veux un frottis buccal et une prise de sang pour faire faire un caryotype. Et qu'on envoie du sang au laboratoire Goodman et au laboratoire Sarich. Je veux des radios du cou. Plusieurs films, en fait! Tout de suite! Avant que je ne me reconstitue! Point d'exclamation. »

– Avant quoi? demanda Parrish en renfilant sa longue blouse de toubib.

– Qu'il se reconstitue.

– Bon, ben prends-lui son sang, à ce con, comme ça il me laissera peut-être l'examiner!

En proie à une agitation manifeste, Jessup roula la manche de son peignoir et tendit le bras gauche à Rosenberg. Son expression était impérieuse. Rosenberg tira plusieurs tubes et un garrot de caoutchouc d'un sac de toile portant le sigle d'une compagnie aérienne et entreprit d'emplir cinq éprouvettes du sang de Jessup.

– Ça ne te gêne pas trop que j'examine ton cou, avec ta permission? dit Parrish à Jessup.

Jessup leva les yeux au plafond en signe d'exaspération mais se prêta à l'examen de Parrish.

– Pas de nodules? s'enquit Rosenberg.

– Non, grommela Parrish.

Tirant son stéthoscope de sa poche, il ausculta le cou et la gorge de Jessup. A le voir froncer les sourcils, on aurait compris que l'examen le laissait perplexe : pas la moindre nodosité, aucun signe d'obstruction ou de traumatisme. Il braqua son ophtalmoscope sur l'œil de Jessup – pas trace de stase pupillaire. Jessup se soumit à tout cela d'assez mauvaise grâce, surtout parce qu'il ne pouvait faire autrement tant que Rosenberg lui immobilisait le bras pour les prises de sang. Mais quand Parrish lui demanda d'effectuer quelques gestes simples, comme d'étendre la main droite, par exemple, il le repoussa impatiemment et se remit à griffonner fiévreusement sur le bloc-notes de Rosenberg.

Bon sang de bonsoir, Mason, tu vois bien que ce n'est pas un cas d'aphasie courante! Les sons que je produis sont les mêmes que ceux que je produisais pendant l'expérience! Il doit s'agir d'une espèce de retombée, de persistance spatio-temporelle de l'hallucination!

– Oh, arrête tes conneries, tu veux! beugla Parrish. Tu voudrais me faire croire que tes hallucinations à la con s'extériorisent dans la réalité!

– Qu'est-ce qu'il a écrit? demanda Rosenberg en rangeant la dernière éprouvette de sang.

Parrish lut le message de Jessup à haute voix. Puis, se penchant en avant pour regarder Jessup sous le nez, il ajouta :

– Tu perds complètement les pédales, espèce de sale con, fais-moi le plaisir de t'habiller que je t'emmène à Bringham pour un examen complet!

Jessup secoua négativement la tête.

– Je te dis que tu es vachement malade, bougre de tête de lard! hurla Parrish. Je veux t'examiner la gorge et le pharynx, prendre des radios de ton foutu crâne, faire faire un scanner et même une artériographie cérébrale. Et je veux qu'un spécialiste jette un coup d'œil objectif à cet électro-encéphalogramme!

Jessup resta assis, l'air pincé, le peignoir pudiquement ramené sur les genoux, apparemment calmé, mais bien décidé à ne pas céder. Secouant la tête, il exprima fort clairement son refus. Rosenberg avait terminé les prises de sang et étiquetait les éprouvettes. Jessup avait replié le bras gauche pour faire cesser le saignement. De la main droite, il écrivit sur le bloc-notes : *Seulement les radios.*

– Très bien, marmonna Parrish. Habille-toi et en route pour le service de radiologie.

– Tout est bouclé à 5 h 30, dit Rosenberg. Il va falloir passer par les sous-sols.

Tous trois entreprirent donc de traverser les deuxièmes sous-sols, véritables catacombes, réseau sinueux de tunnels déserts, dantesques à cette heure de la nuit. C'étaient les entrailles des bâtiments où étaient logés les services d'entretien et les incinérateurs. Les murs étaient parcourus de gros tuyaux d'eau chaude et, quand ils passaient devant les incinérateurs, ils voyaient jaillir des flammes par les portes ouvertes de ces puits creusés à plus de trente mètres dans les fondations de l'hôpital. Ils formaient un trio assez picaresque, l'énorme Parrish dans sa longue blouse blanche, le petit Rosenberg avec son chandail déchiré et son petit sac de toile bleue, Jessup dont la chemise pendait à demi hors de son blue-jean.

Rosenberg chuchota à l'adresse de Parrish :

– C'est peut-être une mutation qui le prive de mouvement...

– Qu'est-ce que tu racontes? coupa Parrish avec mépris, tu vois bien qu'il bouge, non? Il réagit.

– Est-il possible que ce soit purement mécanique?

– D'un point de vue neurologique, il n'a pas l'air atteint, répondit Parrish, sourcils froncés, donc, si ce n'est pas neurologique, il faut bien que ce soit mécanique. J'aimerais au moins lui examiner les cordes vocales, à ce cinglé, et lui faire avaler du baryum. Je vais peut-être faire un petit saut aux urgences pour prendre ce qu'il faut.

Parvenus à l'hôpital proprement dit, ils empruntèrent l'escalier qui conduisait au service de radiologie. Parrish dut user de toute son influence pour obtenir les radios :

– Il me faut des clichés de la gorge et du cou, dit-il au technicien. Il me faut un antéro-postérieur, un latéral et un oblique.

– Mais, docteur, gémit le technicien, j'ai déjà un retard pas possible pour ce soir...

– Faites ce que je vous dis, bon Dieu! aboya Parrish. C'est une urgence!

Le technicien conduisit Jessup dans la salle des rayons X. Adossé au mur de la salle attenante, Parrish fronça de nouveau les sourcils.

– Ecoute, Arthur, dit-il à voix basse, ne dis pas à Eddie qu'il avait du sang sur le visage en sortant du caisson. Il essayerait aussitôt de nous faire avaler que c'était le sang de la foutue bique qu'il a mangée pendant son hallucination. Il demanderait qu'on fasse analyser le sang qu'il y a sur ma chemise et sur le peignoir. J'en ai ma claque de cette bon Dieu de sorcellerie! C'est pour ça qu'il vaut mieux que tu ne lui en parles pas. Il est déjà sur le point de craquer, je n'ai pas envie d'être obligé de le faire interner!

– Quel est ton diagnostic?

Parrish tira un cigare de sa poche de poitrine, rompit l'enveloppe de cellophane et l'alluma.

– Il n'est pas du genre hystérique, alors je pense plutôt en termes d'épilepsie. Quand il est sorti du caisson, il était dans un état second et avait le visage couvert de sang. Il a dû faire une convulsion dans le caisson, se mordre la langue, et maintenant,

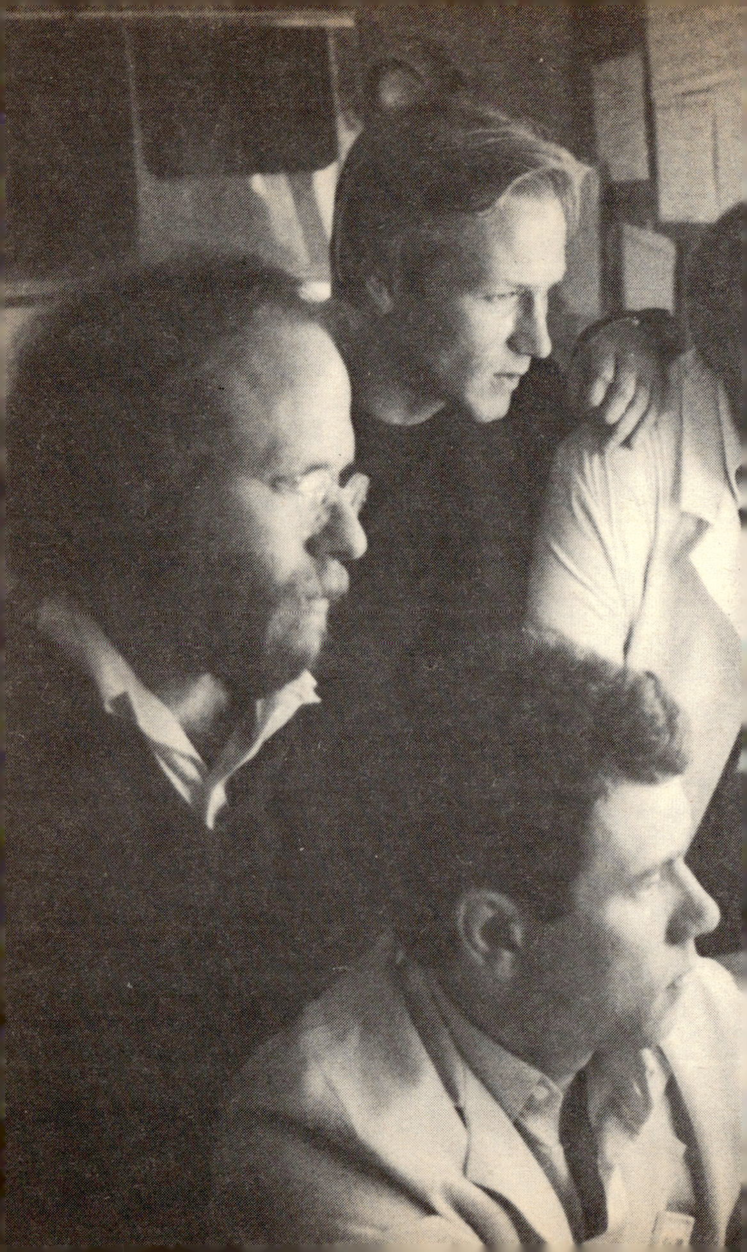

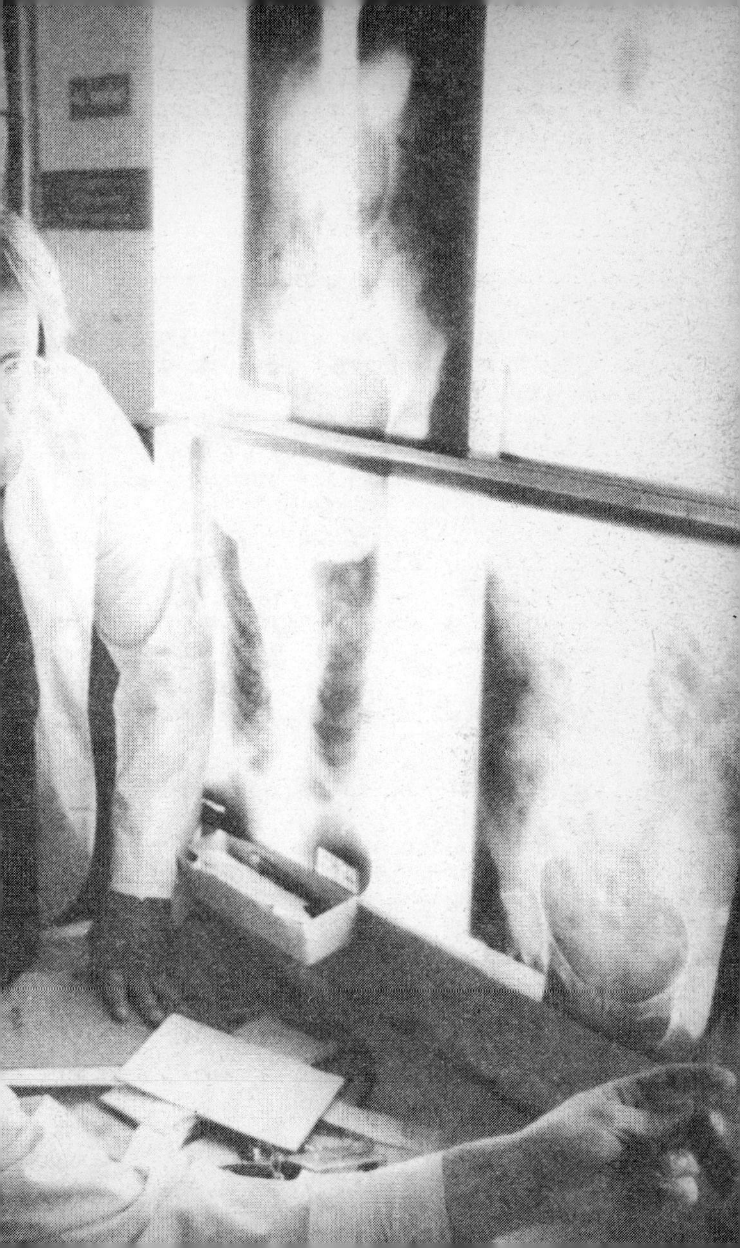

il nous fait une aphasie post-critique. J'avais pensé à un ennui vasculaire, infarctus cérébral ou embolie. Mais puisque, neurologiquement, il est intact, je ne vois qu'un truc épileptoïde. Est-ce que tu as apporté l'électro-encéphalogramme avec toi?

– Non, j'ai laissé les tracés dans la salle du caisson.

– On les récupérera au retour, en même temps que nos manteaux.

– De toute manière, il va falloir qu'on nettoie, tu sais. Tu as laissé ta chemise pleine de sang et le peignoir d'Eddie.

– Ben oui, je sais.

Les clichés qu'apporta le technicien leur causèrent un choc. A tous, mais pas à Jessup qui, toujours muet, mais avec une satisfaction manifeste, leur montra du doigt l'os hyoïde qui semblait surélevé, la base de la langue élargie et le pharynx plus petit que la normale.

– Oui, ben t'excite pas, grogna Parrish. Aucun d'entre nous n'est un champion de la lecture de clichés.

– Qu'est-ce que vous cherchez au juste? demanda le technicien.

– Ecoutez, répondit Parrish, j'aimerais voir un peu de quoi il a l'air en fluoroscopie. Vous avez du baryum, ici?

Ils retournèrent tous dans la salle des rayons X examiner la gorge de Jessup en fluoroscopie. Il n'y avait aucune obstruction, aucune nodosité apparente.

Il était 11 h 30 quand ils quittèrent le service de radiologie et reprirent le chemin de la salle du caisson. Ils parcoururent en silence les tunnels déserts du deuxième sous-sol, absorbés chacun dans ses pensées. Ils pénétrèrent dans la salle du caisson pour récupérer leurs vestes fourrées.

Rosenberg rassembla les éléments de l'électro-encéphalographe portatif et les transporta dans le corridor. Parrish ramassa le peignoir de tissu éponge taché de sang ainsi que son tee-shirt et les roula en boule. Quand il pénétra de nouveau dans la salle de contrôle, la boule sous le bras, Jessup était assis sur la chaise pliante; il avait déjà enfilé sa veste doublée de mouton. Du doigt, Parrish désigna son baluchon improvisé.

– Tu veux que je te le fasse nettoyer?

– Oui, répondit Jessup, ce serait gentil, Mason.

Il fallut cinq bonnes secondes à ce dernier pour se rendre compte que Jessup avait recouvré la voix. Il ralluma son cigare, alla jeter un coup d'œil dans le corridor pour voir ce qu'y fabriquait Rosenberg, puis, pivotant brusquement sur les talons, regarda Jessup, bouche bée.

– Tu vas bien? demanda-t-il.

– Très bien, Mason, dit Jessup. Je savais que ce n'était que passager.

– Une attaque ischémique passagère, parfaitement, dit Parrish.

Rosenberg rentra dans la pièce.

– Il a retrouvé la voix, annonça Parrish.

– Ce n'était pas une ischémie; rien à voir avec la circulation; d'ailleurs, tu n'as trouvé aucune trace d'obstruction, dit Jessup. Et ce n'était pas une convulsion épileptoïde non plus. Ce que c'était, je te le dis : je m'étais programmé pour la fin de l'époque tertiaire et j'ai physiquement pénétré à l'intérieur de mon hallucination. Quand je suis sorti de ce caisson, l'hallucination a débordé sur la réalité extérieure pendant une heure ou deux. Mes diverses perceptions temporelles ont dû se chevaucher et j'ai brièvement conservé quelques vestiges physiques de l'hallucination. Je ne sais pas, moi, il y a peut-être une histoire de quanta, là-dessous, un intéressant petit problème de physique relativiste – ma conscience pourrait me faire passer à l'intérieur d'un nouvel état. Je suis nul en physique. Vous ne connaîtriez pas l'un des physiciens du MIT? Un de ces spécialistes de la mécanique quantique – on pourrait lui poser le problème.

Les deux autres le dévisageaient en silence.

– Mais bon Dieu de bon Dieu, reprit Jessup, les sons bizarres que je produisais étaient les premiers balbutiements de la parole articulée! De toute évidence, j'ai régressé jusqu'à une forme proto-humaine. Tu as vu les radios, Mason. Le digastrique était clairement confondu avec l'os hyoïde, et le larynx était nettement plus en avant que la normale. Je n'en suis pas sûr, mais j'ai bien l'impression que le digastrique est incurvé et réfléchi chez l'homme mais pas chez le singe. Si c'est bien ça, j'ai manifestement régressé jusqu'à un stade plus ou moins simiesque.

La nuit avait été rude pour Parrish et il commençait à se mettre en colère. Il jeta un coup d'œil en direction de Rosenberg qui était occupé à remballer les magnétophones et les divers appareils polygraphiques.

– Arthur, dit-il d'une voix pincée, donne-moi ces clichés. Je vais les montrer à quelqu'un qui sait les lire. Nous ne savons pas les lire, voilà toute l'affaire. Parce que personne ne me fera avaler que ta putain de structure génétique tout entière s'est dé-différenciée pendant quatre heures et que tu t'es reconstitué ensuite, bordel de merde! (Il prit les radios des mains de Rosenberg.)

» Je suis professeur d'endocrinologie à la faculté de médecine de Harvard. J'exerce la médecine au Peter Bent Bringham Hospital, je suis conseiller de rédaction de l'*American Journal of Endocrinology,* j'appartiens à l'association des endocrinologistes de la côte Est, et j'en suis même vice-président... (La rage le possédait maintenant tout à fait et son visage s'était empourpré) ... alors je ne veux plus entendre un mot de vos conneries rétrogrades, obscurantistes, cabalistiques, alchimiques, quantiques et tout ce qu'on voudra! Je vais montrer vos putain de clichés à un radiologiste, et j'y vais de ce pas, nom de Dieu! Je vais mettre la main sur le radiologiste de service cette nuit et il va lire ces radios pour moi! Donne-moi ma veste, Arthur! Je vous ai assez vus, tous les deux, allez vous faire foutre!

Il saisit la veste que lui tendait Rosenberg, ouvrit la porte du corridor et sortit, le ballot de vêtements ensanglantés sous un bras, sa grosse veste doublée de mouton sous l'autre, la main crispée sur l'enveloppe brune qui contenait les radios. Il trimbala sa massive carcasse à travers les corridors déserts et jonchés de détritus du deuxième sous-sol, sortit par les portes battantes de l'aile est, fonça jusqu'au service de radiologie et découvrit un interne penché d'un air malheureux sur une pile de clichés. Parrish prit une profonde inspiration, tendit l'enveloppe au radiologiste et parvint à articuler d'une voix assez calme :

– Pourriez-vous me rendre le service de jeter un coup d'œil à ces radios?

Un peu surpris de cette interruption bizarre, le radiologiste fronça les sourcils, tira les clichés de l'enveloppe et demanda :

– De quoi s'agit-il au juste?

– C'est un homme de trente-cinq ans, brusque aphasie, pas de traumatisme.

Le radiologiste fixa les clichés sur la table de lecture lumineuse.

– Et qu'est-ce que vous cherchez? demanda-t-il.

– J'ai l'impression que la morphologie est un peu anormale.

– Un peu, dit le radiologiste en contemplant les clichés, c'est un vrai gorille, votre bonhomme, oui!

Mason Parrish erra sans but à travers les couloirs mal éclairés du deuxième sous-sol de l'hôpital. Il avait enfilé sa veste mais portait toujours le peignoir roulé en boule sous le bras. De l'autre main, il tenait l'enveloppe des clichés radio. Il s'immobilisa un instant devant une salle d'incinération. Deux puits y béaient, vomissant des flammes. La pièce était vide, à l'exception de quelques poubelles cabossées et d'une variété de cartons, caisses et détritus attendant la destruction. Il jeta un regard en arrière dans le corridor : il était désert. Il s'approcha d'un des incinérateurs. Une brève flamme orangée en jaillit dans sa direction. De l'air de ne pas y toucher, il précipita le peignoir et le tee-shirt ensanglantés dans les flammes.

Dehors, une neige feutrée avait commencé à tomber. Elle s'abattait doucement sur les bâtiments de la faculté, les vieilles tours du Bringham Hospital, l'éternel chantier de réparations qui entourait le Vanderbilt Hall, les rares voitures qui passaient dans le chuintement de leurs pneus et de leurs essuie-glaces. Parrish traversa les rues désertes, obscures mais blanches jusqu'à l'arrêt de trolleybus de Huntington Avenue. La honte l'étouffait.

Cambridge,
faculté de médecine de Harvard,
parc zoologique Van Buren
avril 1976

Emily et les petites rentrèrent d'Afrique le 16 avril, jour du Vendredi saint. L'air était vif, le soleil brillant. Jessup alla les chercher à l'aéroport, inquiet et même irrité. Il lui avait fallu annuler son cours de 14 heures, un cours facultatif qu'il avait intitulé méthodologie de la conscience, et les plus petites modifications de sa routine quotidienne lui étaient pénibles, le désorientaient, le déséquilibraient. D'un autre côté, quand votre épouse et vos enfants rentrent au bout d'un an d'absence, séparation ou pas séparation, c'est bien la moindre des choses d'aller les chercher, ne serait-ce que pour les aider à porter les bagages et les installer dans leur nouveau foyer. Pour tout dire, elles lui avaient terriblement manqué. C'était un solitaire, mais c'était précisément en raison de sa solitude qu'elles lui avaient manqué. Même la solitude exige une structure, la présence, dans la pièce d'à côté, de quelqu'un qu'on puisse quitter. Il était devenu trop seul et s'était souvent ennuyé. Pendant les sept années de vie conjugale, il avait vécu dans un état de rage permanent dirigé contre le caractère désordonné de son épouse : rideaux déchirés et rembourrages sortant du bras des fauteuils, couches et joujoux toujours dans les pieds, coups de téléphone au bureau en fin d'après-midi ou, pire encore, au laboratoire : « Ecoute, je n'aurai pas le temps de préparer le dîner. Veux-tu passer prendre quelque chose chez le traiteur ? » Et aussi, contre les exigences broutilleuses de la vie domestique, les maladies infantiles de ses enfants, le ronron des conversations avec le pédiatre, tout le carcan absurde du mariage et de la paternité. Mais une fois qu'il s'était retrouvé seul, libre, dans la maison bien rangée où régnait désormais un ordre clinique, une place pour chaque chose et chaque chose à sa place, il avait découvert que la rage bouillonnait encore en lui, sans but désormais, une rage informe, qu'il avait parfois bien du mal à contenir, se voyant alors au bord de la folie, un sentiment d'horreur embusqué à la périphérie de sa raison de civilisé, une horreur qui se déplaçait comme une meute de prédateurs dans l'obscurité de la forêt primitive. Ainsi la rage n'avait pas eu pour cause les rideaux et les fauteuils déchirés et les repas de traiteurs et les couches et les boîtes de Tampax dans la salle de bains. La rage lui appartenait en propre, lui avait toujours appartenu.

Quand Emily émergea enfin de la douane avec les deux petites filles, au milieu de la file de passagers qui longeait le corridor, elle aperçut immédiatement Jessup, de l'autre côté de la barrière, semblable au premier mari, au premier père venus, avec son sourire chaleureux, ses yeux brillants, trop brillants peut-être, d'un enthousiasme mal contenu. Il entreprit de se frayer un passage à travers la foule et l'enlaça vigoureusement, avant de prendre les petites dans ses bras, d'abord séparément, puis ensemble. Ensuite il se tourna de nouveau vers elle et la serra étroitement sur son cœur. Il bandait comme un cerf et avait les larmes aux yeux.

– Oh la la! ne cessait-il de marmonner, ce que vous pouvez être belles toutes les trois! Vous avez des mines splendides.

Et c'était bien vrai, hâlées qu'elles étaient par un an de soleil africain. Emily portait une audacieuse minijupe de toile beige parce qu'elle savait posséder des jambes sensationnelles. Elle n'en fut pas moins surprise de l'exubérance de son accueil, particulièrement de ses larmes. Il saisit la petite Margaret entre ses bras et se mit à pousser le chariot chargé de bagages vers la sortie en tonitruant à l'adresse de son aînée :

– Allez, Grace! en route! emmenons tous ces bagages à la maison! Je sais bien que tu as un cadeau pour moi et j'ai envie de le voir!

Il s'immobilisa soudain, pivota sur les talons et dévisagea la fillette qui courait après lui. Elle se figea sur place en poussant de petits gloussements aigus. Alors il se pencha vers elle et la regarda dans les yeux avec une sévérité jouée.

– Tu m'as rapporté un cadeau, j'espère?

– Oui, oui! glapit la petite fille ravie.

– Parfait, dit Jessup. Et tournant de nouveau les talons, il repartit à grands pas.

Dans tout le hall des arrivées des gens s'étaient retournés pour couver d'un œil humide cette touchante scène familiale. C'était très exactement le genre de petit bonheur artificiel que Jessup eût détesté un an auparavant, songea Emily. Elle leur emboîta le pas en commençant à se demander si Jessup était bel et bien au bord de la folie comme Mason Parrish le lui avait écrit. Tout cela lui ressemblait si peu!

Il y avait beaucoup de bagages. Jessup en entassa quelques-uns sur le toit de la Toyota, en fourra d'autres dans le coffre et le reste sur les sièges, de telle sorte que Grace, qui monta à l'arrière avec sa mère, était assise sur une valise, et que Margaret, à l'avant, était écrasée contre le coude de son père. Le trajet jusqu'à Cambridge, de l'autre côté de la Charles River, dura vingt minutes. Les deux fillettes se tortillaient et se dévissaient le cou pour regarder par les fenêtres, à la recherche de spectacles familiers, et se plaignirent de ne rien reconnaître. Emily, ayant croisé ses longues jambes brunes, racontait légèrement son année de travail en Afrique.

L'année avait été bonne pour Emily. Elle avait passé près de onze mois à observer méticuleusement deux bandes de babouins des plaines du Serengeti, s'intéressant particulièrement à leur système d'appels. Elle pensait avoir rassemblé des données réellement nouvelles sur la communication chez les babouins. Elle était parvenue, entre autres, à la conclusion que les babouins ne sont pas aussi généralement végétariens et insectivores qu'on l'avait supposé jusqu'alors et que, chez eux, le comportement de carnivore n'était pas aussi fortuit qu'on le pensait. Elle avait été personnellement témoin, à six reprises, de comportements de chasse bien caractérisés. Dans deux des cas, un couple de babouins avait tué une jeune gazelle de Thomson pour la dévorer. A chaque fois, elle avait noté une sorte de communication rudimentaire entre les deux babouins, suffisamment différente des grognements et des claquements et cliquetis labiaux et linguaux habituels aux échanges de cette espèce pour être remarqués. Elle ne pouvait qu'en conclure que, si la nourriture carnée devenait nécessaire à la survie des babouins en tant qu'espèce, ils pouvaient fort bien en venir à comprendre le rôle des outils comme armes de chasse, voire adopter d'autres comportements caractéristiques des hominidés, jusques et y compris le langage articulé. L'hypothèse était évidemment fort audacieuse et elle se serait bien gardée d'en faire état publiquement. Mais elle pensait avoir mis la main sur quelque chose d'important. En tout cas, elle s'était mise à s'intéresser tout particulièrement aux travaux les plus récents sur la communication non verbale chez le chimpanzé. Ce dernier est le grand singe le plus voisin de l'homme et un certain nombre de chercheurs avaient commencé à rassembler des données tendant à prouver que le chimpanzé est capable de communication symbolique. Les travaux les plus remarquables étaient ceux d'Allan et Trixie Gardner, de l'université du Nevada. Elle était en correspondance avec eux et envisageait de prendre l'avion pour aller leur rendre visite d'ici une quinzaine. Elle n'avait rien d'autre à faire de tout l'été en dehors de la rédaction de son rapport.

– Tu n'aurais pas enregistré quelques-uns des sons que produisent tes babouins, par hasard? demanda Jessup en l'aidant à monter ses bagages sur le perron de son nouveau foyer.

– Si, bien sûr que si, pourquoi? demanda Emily.

– J'aimerais vraiment entendre ces bandes, dit Jessup.

– Ça va de soi, répondit Emily en ouvrant la porte.

Son foyer – le nouvel appartement qu'elle avait loué juste avant de partir pour l'Afrique – occupait le premier étage d'une grande maison blanche décrépite de Warren Street, à deux pas du parc municipal. Le propriétaire leur souhaita la bienvenue de la fenêtre du premier étage.

– J'ai ouvert vos fenêtres pour aérer un peu, lança-t-il. Et j'ai fait remettre le téléphone.

– Merci, M. Lindsay, lui répondit Emily avec un sourire radieux avant de pénétrer dans le vestibule.

Jessup tint la porte ouverte pour les petites qui entraient, portant leurs paquets personnels. M. Lindsay descendit l'escalier pour venir leur dire qu'il avait garni pour eux le réfrigérateur de quelques provisions de base. Il y eut force sourires et déclarations du genre « ça fait du bien d'être chez soi! » Emily proposa à Jessup de décharger la voiture et d'aller tous en ville manger des hamburgers et faire quelques courses. Elle se chargerait du déballage par la suite. Par la fenêtre de la salle de séjour, elle vit son mari qui, d'une main, portait un gros sac de toile bourré à craquer et de l'autre traînait dans le sentier qui conduisait au perron un carton rempli de bouquins. Il n'avait guère changé, un peu maigri peut-être. Elle alla à la porte d'entrée pour lui donner un coup de main. Il expédia le carton de livres sur le perron où il atterrit avec un bruit sourd et leva les yeux vers elle, en nage, souriant. Elle se sentit fondre.

– Comment ça s'est passé, pour toi, Eddie? demanda-t-elle.

Il lui fallut un petit moment pour considérer sa réponse, sourcils froncés. Puis, souriant de nouveau, il dit :

– Je ne sais pas, il s'est passé des trucs bizarres.

Elle s'apprêtait à répondre qu'elle le savait mais se ravisa.

Vers 4 heures de l'après-midi, les deux fillettes étaient sorties reconnaître les environs à la recherche d'autres enfants. Jessup s'assit à la table de cuisine devant une tasse de café et Emily entreprit de trier le linge sale qu'elle tirait d'une grande valise de toile ouverte au milieu du carrelage de la cuisine. Il ne lui avait pas fallu longtemps pour réduire l'appartement à l'état de capharnaüm qui semblait lui plaire. Cartons, petites boîtes, valises, sacs de voyage traînaient ouverts dans toutes les pièces. Les vêtements s'empilaient sur les lits, s'entassaient sur le plancher, des livres, des cahiers, des blocs-notes, des boîtes de pellicule et des cassettes s'amassaient sur les chaises et les tables. Elle se déplaçait parmi tout cela avec un sens de l'efficacité qui lui était très personnel, ayant allumé toutes les lumières aux premières ombres du crépuscule. Jessup la regardait aller et venir, se baisser et se redresser, son coquin petit derrière balançant sous la jupe courte, et échangeait avec elle quelques sourires à chaque fois que leurs regards se croisaient. Brusquement, elle vint s'asseoir à la table en face de Jessup, se versa une tasse de café et déclara :

– J'ai reçu une lettre de Mason, il y a une semaine

à peu près, juste avant le départ de Nairobi. Il dit que tu as abandonné tes anciennes recherches, que tu travailles maintenant avec Milton Mitgang et que vous faites des études *in vivo* sur des schizophrènes à l'hôpital psy.

Jessup continuait de siroter son café sans rien dire.

– Et ce, sans autorisation, ajouta Emily.

– Qu'est-ce qu'il t'a écrit d'autre?

– Il dit que tu as convaincu Mitgang de te suivre en lui racontant que ton truc avait été approuvé par la Commission de la Recherche. Mais tu n'as aucune autorisation de la Commission ni même de son président, c'est vrai? Mason dit que vous utilisez une drogue très complexe que tu as rapportée du Mexique, qu'elle n'a pas encore fait l'objet de recherches systématiques et qu'elle est épouvantablement dangereuse.

– La vérité, c'est que Mitgang est enchanté. Ça fait seulement cinq semaines que nous avons commencé et nous avons déjà enregistré une diminution du taux des métabolites de la dopamine dans les urines. Nous avons également trouvé dans les urines du N-méthoxy-bufatonine, un analogue de la mélatonine, spécifique de la schizophrénie, ce qui aurait tendance à confirmer la théorie du métabolite toxique. Mitgang a toujours été un fana de cette théorie du métabolite toxique.

– Pour l'amour du Ciel, Eddie, tu ne peux quand même pas faire d'études *in vivo* sur des êtres humains sans autorisation. Tu vas t'attirer des ennuis épouvantables.

– D'ailleurs, Mitgang s'est tellement entiché de cette drogue qu'il voudrait essayer de la refiler aux laboratoires pharmaceutiques Smith, Kline & French. Il fait des études cliniques pour eux, au plus haut niveau.

– C'est toujours Evans qui dirige l'unité de recherche de Mitgang? Il va finir par se demander pourquoi ton autorisation n'est pas dans ses dossiers. Tu vas te retrouver devant la Commission de déontologie. On va vous couper les crédits à tous les deux. Tu risques même de perdre ton poste à la fac. Et tu auras de la chance si tu trouves du travail où que ce soit, après ça.

Soudain, Jessup abattit violemment la main sur la table. Les tasses à café tintèrent contre les soucoupes. Il dévisagea Emily comme s'il était en proie à une rage aveugle.

– Et qu'est-ce qu'il t'a écrit d'autre, Mason? rugit-il.

Emily le regarda calmement.

– Il dit qu'au cours de l'année passée, tu as pris plus de deux grammes de cette drogue toi-même et que, voici trois mois, tu as eu un accès très bizarre de régression génétique. D'après lui, c'était le début d'un processus de néoplastie. Il pense que tu as probablement une leucémie, ou un lymphome. Il a essayé de te convaincre d'entrer à l'hôpital pour des examens complets mais tu as refusé. Il se fait un souci terrible parce qu'il pense que tu es sur le point de craquer. Il trouve que tu t'es mis à te conduire très bizarrement et il me supplie de t'en parler dès mon retour.

Jessup observa un silence boudeur et renfrogné pendant quelques instants.

– Mason, grommela-t-il, est pathologiquement incapable de fermer sa grande gueule.

– Il se fait du souci pour toi.

– Il n'empêche que c'est un connard buté et borné.

– Mason est un médecin de premier ordre.

– Tu veux dire que c'est une grande gueule de premier ordre! aboya Jessup. Ce n'est pas une leucémie, ni une quelconque forme de cancer! Pour lui faire plaisir, je me suis fait faire un scanner du foie, de la rate, du cerveau. On m'a sondé, radioscopé, cathétérisé, radiographié, ausculté et palpé! Depuis trois mois il ne se passe pas une demi-heure sans que Parrish ne m'enfonce un miroir dans la gorge ou dans le cul! Et rien ne prouve, rien ne suggère même, qu'il s'agit d'un cancer, rien!

Il s'était levé, rouge de fureur, ses mains tremblaient visiblement sans qu'il parvînt à contenir la rage qui montait en lui.

– Comment a-t-il eu le culot de t'écrire? hurla-t-il. Qu'est-ce qu'il t'a écrit d'autre? Qu'est-ce qu'il t'a dit d'autre? Il était censé fermer sa grande gueule, voilà ce qu'il était censé faire! Mais il veut mettre le monde entier au courant!

Il partit brusquement dans la salle de séjour. Emily demeura dans la cuisine, les jambes croisées, aspirant son café à petites gorgées, le front barré d'un pli soucieux. Aussi brusquement qu'il était parti, Jessup réapparut dans l'encadrement de la porte et se remit à hurler :

– Et pourquoi me ferais-je hospitaliser, nom de Dieu! Tu crois que je veux mettre toute l'équipe de Bringham sur le coup, peut-être? Bon Dieu! tu crois que nous sommes les seuls à nous intéresser à la conscience et à l'altération de la matière? Il y a Lowenstein, de l'U-Cal-Irvine, le type qui vient de quitter l'équipe de Szent-Gyorgyi, il essaie d'altérer la matière par la biogenèse. Et il y a ce type du Kings-Cambridge, qui a repris tous les travaux de Northrop sur l'altération de la matière par des variations de potentiel! Si jamais il apprend que nous avons obtenu des transformations génétiques par des manipulations de la conscience, bon Dieu – mais il va publier demain, j'aurai même pas le temps de m'asseoir devant ma machine à écrire!

Enfin, Emily, tu sais bien que je n'ai ni l'argent ni les moyens de concurrencer les types du Cal-Tech, de l'université du Michigan ou de Stanford. S'il s'agit de courir après des mecs qui disposent de crédits aussi énormes, on aura des années de retard. Leurs Nobel seront déjà de l'histoire ancienne avant que nous ayons commencé. Nous ne savons pas encore ce sur quoi nous avons mis la main, bon sang! Ce n'est pas le moment d'aller raconter notre vie à tous les chercheurs de Boston! Ils vont nous le piquer, nom de Dieu! ils vont nous le piquer! Je le descends, moi, cet enfant de salaud, la prochaine fois que je le vois! Qu'est-ce qu'il t'a écrit encore? Qu'est-ce qu'il aura bien pu te raconter sur la régression génétique que j'aurais subie il y a trois mois?

Elle ne lui répondit pas, parce qu'elle savait que toute réponse eût suscité une nouvelle explosion. Après quelques instants d'un silence pesant, elle se leva et le rejoignit dans la salle de séjour. Jessup était en train de fouiller parmi les bobines et les cassettes entassées près d'une fenêtre. Il tentait de déchiffrer les étiquettes dans la lumière déclinante. L'obscurité tombait rapidement. Pour l'instant, la salle de séjour était éclairée par l'unique ampoule d'un lampadaire coiffé d'un abat-jour orange et Jessup était dans l'ombre. Elle distinguait tout juste sa silhouette vêtue d'un gros chandail et d'un pantalon informe, courbé sur l'étiquette d'une boîte de pellicule. Il leva sur elle des yeux que le reflet de la lampe rendait jaunes.

– Où as-tu mis les productions vocales de tes babouins? J'aimerais les écouter.

– Pourquoi?

Il sourit.

– A vrai dire, tes connaissances pourraient bien nous être utiles. Mason t'a-t-il écrit qu'au cours de cette régression que j'ai subie je suis resté aphasique pendant quatre heures? Absolument inexplicable. Pendant quatre heures, les organes de la parole avaient régressé chez moi à un stade primitif, peut-être même simiesque. Au bout de ces quatre heures, je me suis complètement reconstitué. Tu as fait de l'anatomie comparée. Tu sais bien lire les radios?

– Assez, oui.

– On en a toute une série. Deux séries, en fait. Le muscle génio-hyoïdien est terriblement enflé. Le pharynx en est comme bloqué. Les muscles digastriques sont fondus à l'os hyoïde. C'est bien simiesque, non? Mason a vérifié les clichés avec un radiologiste. Le mec a cru que c'était un gorille. Pendant mon aphasie, les seuls sons que je produisais étaient des *clics* et des grognements. J'ai l'intuition qu'ils ressemblent beaucoup aux productions vocales de tes babouins. Voilà pourquoi je voudrais les écouter.

– Tu as enregistré les tiennes?

– Oui.

– J'aimerais les entendre.

– Est-ce que tu comprends ce que j'essaie de te dire?

– Je comprends parfaitement. Tu es en train de me dire que tu as traversé, il y a trois mois, une période de quatre heures pendant laquelle tu as subi une régression génétique qui t'a ramené à l'état de singe. Mason dit que, pendant cette période, vous avez fait des prises de sang et que deux laboratoires d'analyse, Sarich et Goodman, ont effectué des tests d'immunité cellulaire qui ont fait apparaître des caractéristiques appartenant aux groupes sanguins VAB et CEP.

– Remarque, ils ont également isolé des antigènes XgA qui sont spécifiques de l'homme.

– J'aimerais voir ces rapports d'analyse.

– J'aimerais que tu les voies. Nous avons fait faire des tests plus courants. Le sérum et les plaquettes étaient normaux. La numération a fait apparaître un taux de globules blancs un peu anormal. Certains polynucléaires présentaient une hypersegmentation du noyau. Il y avait aussi quelques rouleaux et une accélération générale de l'activité mitotique. On a également fait un frottis buccal. La numération des chromosomes a donné quarante-huit...

– Tu veux rire? C'est pas humain.

– ... et la structure du caryotype n'était pas humaine non plus.

Ils se dévisagèrent chacun à un bout de la salle de séjour. La petite Margaret entra dans la pièce et vint se frotter aux genoux de son père. Jessup caressa distraitement ses cheveux de lin.

– Ecoute, Emily, dit-il, je ne suis pas fou. Je sais que Mason me croit fou et peut-être même Arthur, lui aussi. Dieu sait que j'ai reçu suffisamment de lettres de cinglés – le doyen Medïch m'a même convoqué dans son bureau pour me demander ce qui me prenait de publier de telles insanités...

– Quoi? Quand ça? Comment diable le doyen Medïch a-t-il pu se mêler de cette histoire? Pour l'amour du ciel, Eddie tu n'en as quand même pas parlé au doyen?

– C'est-à-dire... il y a mon article.

– Comment ça, ton article?

– J'ai écrit pour le journal de l'Association nationale de physiologie. Cet emmerdeur de Parrish était en train de mettre le monde entier au courant, alors j'ai pensé que mieux valait publier quelque chose avant que quelqu'un me vole mon idée. Je voulais prendre date, quoi. Je regrette beaucoup de l'avoir fait, maintenant. Dieu sait que c'était prématuré! Mais Parrish a un copain qui fait de la biologie moléculaire au MIT et il lui a transmis toutes les données. Je n'ai pas eu le temps de dire *ouf!* qu'un deuxième radiologiste était sur le coup avec deux ou trois cinglés du MIT. J'ai senti que ça allait m'échapper, j'ai rédigé un article et je l'ai envoyé. Oh, pas grand-chose, un résumé des faits et une analyse de la drogue. A vrai dire, je n'aurais jamais cru attirer autant d'attention. Ça paraît tellement extravagant.

– Extravagant! Tu as publié un article pour dire que tu avais pris une potion mystérieuse qui t'a transformé en singe! Bon Dieu, Eddie! Et tu es censé être l'une des plus grandes vedettes de la jeune physiologie! Tu t'es couvert de ridicule!

– Ecoute, Emily, on se trouve bel et bien devant un cas incompréhensible de régression. De régression littérale, physique. Les muscles, les os, les chromosomes et les gènes. Nous tenons un ensemble de faits indiscutables dont on ne peut se débarrasser en les expliquant par la leucémie ou un quelconque cancer. Sinon, comment expliquer que, quatre heures plus tard, je me sois complètement reconstitué? Tous les tests, toutes les analyses, tous les examens que Mason a pu imaginer ont montré que je suis absolument normal, muscles, os, chromosomes, gènes et tout le tremblement sont redevenus normaux, humains, jusqu'au dernier. Pendant quatre heures, j'ai présenté les traits physiques d'un homme-singe. Le lendemain, j'étais redevenu absolument normal. Il ne s'agit donc pas du tout d'une régression. Je ne peux même pas affirmer qu'il s'agit d'une altération de la matière. Il y a eu transformation des structures biologiques, c'est indiscutable mais c'est absolument tout ce qu'on peut dire. Si l'on reste à l'intérieur du temps biologique, il n'existe strictement aucune explication possible. D'une manière ou d'une autre, nous avons franchi des barrières temporelles. Pour moi, c'est une histoire de quanta. On est en plein inconnu. Nous nous trouvons en face d'une singularité, d'un événement physique qui échappe à toutes les théories connues. Comme les trous noirs de l'espace.

L'agitation le reprenait.

– Ecoute, en termes purement physiologiques, je suis tout prêt à concéder que la drogue déclenche des altérations de l'ADN, peut-être par l'intermédiaire des codons. Au niveau des nucléotides, la structure fondamentale reste la même. C'est, en termes relatifs, la lecture, le décodage de la séquence qui sont altérés. Tout se passe comme si quelque chose réactivait des gènes très anciens. Peut-être que les gènes structuraux deviennent opérateurs et que les régulateurs deviennent répresseurs. Avec tous les *vice versa* possibles et imaginables. Je suis prêt à te parier tout ce que tu voudras que les bases de mes chaînes d'ADN s'étaient mises à clignoter exactement comme un billard électrique!

Sa fille cherchait à attirer son attention en s'accrochant à sa jambe de pantalon. Il la prit dans ses bras et la serra sur son cœur.

– Tout le monde pense que ton papa est en train de devenir fou, chuchota-t-il contre sa chevelure.

Il se mit à arpenter la pièce à grands pas, serrant l'enfant contre lui, parlant par saccades comme un homme hors d'haleine.

– Mason soutient que les dommages subis par l'ADN ne se révèlent pas chez l'hôte mais seulement dans sa progéniture. Alors rappelle-toi les premières analyses qui faisaient apparaître une très grande activité intracellulaire. Ça ne prouve rien, d'accord, mais s'il s'agit d'une mutation génétique, ça colle très bien. D'après Arthur, il s'agit d'une altération passagère des matrices. Lesquelles? Celles des protéines. D'accord, je suis prêt à l'admettre. Mais qu'est-ce qui a déclenché cette modification?

Il criait de nouveau.

– Enfin, quoi, merde! la seule chose à faire, c'est que je retourne dans ce caisson et que j'essaye de nouveau! Voyons si cela se produit encore! Enfin, quoi, aucun d'entre nous ne veut croire que ça s'est vraiment produit! Ça ne fait pas trois mois, et je finis par en douter moi-même! Seulement, oh, mais non! ils ne veulent pas y retourner, dans le caisson. Non, non et non! Ils préfèrent passer leur temps à fractionner des cervelles de rats! Et qu'est-ce que je suis censé faire, moi, pendant qu'ils fractionnent leurs cervelles de rats? Alors je suis allé trouver Mitgang pour qu'il sélectionne un groupe de patients dans son service. Moi, je dis : en route pour les études *in vivo* sur des êtres humains! Voyons un peu si cette fichue drogue est en elle-même capable d'induire une régression chez les êtres humains! Alors voilà, ça fait cinq semaines maintenant que j'injecte cette drogue à un groupe de douze schizophrènes, et nous n'avons pas encore eu un seul cas de régression, pas un seul! Je suis convaincu que la régression a été déclenchée par un acte de la conscience! Pendant que j'étais dans le caisson, j'ai pénétré à l'intérieur d'une autre conscience! Je suis devenu un autre Moi! un Moi plus primitif! et la drogue, d'une manière ou d'une autre, a déclenché l'extériorisation de cet autre Moi plus primitif!

Sa fille se mit à pleurnicher.

– Pose-la, Eddie, dit Emily, tu lui fais peur.

Jessup déposa doucement sa fillette sur le plancher. Emily prit à son tour l'enfant apeurée dans ses bras. Quand elle regarda de nouveau son époux, il était assis dans le fauteuil sous le lampadaire, les yeux clos, le visage semblable à un masque.

– Jette au moins un coup d'œil aux éléments que j'ai rassemblés, marmonna-t-il.

– Mais bien sûr, Eddie. Peut-être demain après-midi. Demain après-midi, ça t'irait ?

– Epargne-moi ce ton protecteur, dit-il.

– Mais je ne...

Il se leva en hurlant :

– Il y a quand même une petite chance pour que je ne sois pas fou, tu sais ! Tout ce que je te demande c'est de faire un petit saut quantique avec moi ! D'accepter un concept déviant : l'idée que nos autres états de conscience sont aussi réels que l'état de veille et que cette réalité est susceptible d'extériorisation.

– Tu hurles.

– Je sais ! Mais ça fait trois mois qu'Arthur et Mason prennent des airs protecteurs avec moi et j'en ai plein le dos. Tous tant que vous êtes, vous êtes complètement coincés dans l'espace-temps ! L'idée qu'une substance vieille de dix millions d'années pourrait revêtir une forme physique a l'air de vous terrifier complètement. Il faudrait que vous arrêtiez de penser que le temps et l'espace sont inviolables. Ils ne sont pas inviolables ! Ils n'existent pas en eux-mêmes ! Ce ne sont que des postulats de l'esprit conscient ! Des propriétés des corps en mouvement, des concepts intellectuels, nécessaires seulement aux mesures de la physique la plus mécaniste. Il n'existe ni espace ni temps en mathématique. Il n'y a pas de temps dans la physique atomique ni dans l'espace intergalactique. Dans l'espace sidéral, il n'existe aucune différence entre une fraction de seconde et un milliard d'années. Pourquoi diable faudrait-il qu'il y en ait dans notre espace intérieur ? Nous avons des millions et des millions d'années emmagasinées dans cette banque d'ordinateur que nous appelons notre esprit ! Il y a des milliards et des milliards de gènes inactifs en nous, la totalité de notre passé évolutif. Peut-être que j'ai tapé là-dedans! Enfin bon Dieu, tout ce que je dis c'est que je veux retourner dans ce caisson et renouveler l'expérience! La plus élémentaire des attitudes de laboratoire! Renouveler l'expérience! La confirmer! La vérifier! Et je voudrais que d'autres chercheurs responsables m'accompagnent quand je le ferai! J'aimerais faire valider mes résultats par d'autres! Et tu te rends compte de ce sur quoi nous avons mis la main si c'est vrai, est-ce que tu t'en rends compte? Nous aurons fait voler en éclats toutes les frontières qui séparent les différentes disciplines scientifiques! Nous aurons peut-être démontré l'existence dans la nature d'une force totalement neuve, complètement inconnue jusqu'ici! Il y a des physiciens qui ont passé leur vie entière à tenter de démontrer que la conscience est capable d'affecter des systèmes physiques. Eh bien, c'est peut-être précisément ce que j'ai réussi! Je ne sais pas comment! Je ne sais pas pourquoi! Mais enfin tu ne vas pas me dire que ça ne mérite pas un supplément d'enquête? C'est une réalisation, je ne sais pas, moi, du niveau de Newton, de Darwin, d'Einstein!

Il se rassit, croisa les jambes et posa les mains sur ses genoux. La lumière orangée du lampadaire éclaboussait son visage, il semblait calme et complètement fou.

– Je n'ai pas besoin de te dire, Emily, qu'il ne faut en parler à personne, dit-il. Les scientifiques sont des gens vraiment bizarres. Il n'y a guère d'argent à gagner avec la science et guère plus de célébrité; toutefois, les scientifiques sont d'une vanité inimaginable, furieusement assoiffés d'immortalité. Il y a des savants qui se parjureraient, qui n'hésiteraient pas à suborner, à tricher, à voler, qui ne reculeraient pas devant l'escroquerie, et même le meurtre, pour avoir leur nom dans les manuels ou pour aller à Stockholm avec leur queue-de-pie recevoir le

Nobel d'un petit air modeste. Alors je te serais reconnaissant de n'en parler absolument à personne. J'ai les bandes, mes notes et tout le reste à la maison. A quelle heure pourrais-tu venir regarder ça avec moi demain?

– 2 heures, 2 h 30? dit-elle avec un sourire nerveux. Attends, il faut que j'aille chercher Grace, ajouta-t-elle. Je reviens tout de suite.

Emportant Margaret, elle traversa le vestibule obscur et sortit sur le perron. Il faisait presque nuit mais elle aperçut Grace devant une maison voisine, parlant à une femme accompagnée d'un tout petit garçon. Elle alla pour appeler puis, se ravisant, descendit le sentier qui menait au trottoir. Elle déposa Margaret et toutes deux allèrent se joindre au petit groupe, devant la maison voisine. La femme lui sourit.

– Je m'appelle Linda Sandys. J'habite cette maison, là-bas.

Du doigt, elle montrait une maison de bois, un peu plus bas, de l'autre côté de la rue.

– Enchantée, je suis Emily Jessup, dit Emily.

– Et vous arrivez tout juste d'Afrique, poursuivit la femme. Grace nous a tout raconté à Georgie et moi. Mon mari est prof de français.

– Et moi anthropologue, répondit Emily qui se sentait aussi tendue et comprimée que si elle avait porté un corset.

– C'est ce que Grace m'a dit, répondit Mme Sandys avec un sourire. Vous venez prendre une tasse de café?

– Ce serait avec plaisir, vraiment, dit Emily, mais j'ai un mari affamé à la maison.

Elle posa une main sur l'épaule de chacune des petites.

– Nous allons au restaurant chinois, mentit-elle.

Margaret se dégagea de son étreinte et partit en

trottinant sur le trottoir en direction de la maison, aussitôt imitée par Grace. Emily fit un pas dans leur direction et expliqua, crispée :

– Je n'ai pas fini de défaire les bagages.

– Je comprends, répondit Mme Sandys en souriant de nouveau.

– Je viendrai prendre ce café demain matin, si vous voulez bien, dit Emily.

– Avec plaisir, la maison, là-bas.

– Merci beaucoup et excusez-moi, dit Emily, qui se hâta de suivre les enfants.

Quand elle arriva à la maison, les deux petites étaient sur le perron. Le cœur lui manqua.

– Votre père va bien? demanda-t-elle.

– Où il est? demanda Grace.

Emily entra dans le vestibule qui était presque entièrement plongé dans l'obscurité et alluma la lumière. La porte de la salle de séjour était ouverte et elle vit que le fauteuil était vide. Elle sut aussitôt qu'il était parti mais n'en pénétra pas moins dans la pièce en appelant : « Eddie! » Elle s'apprêtait à aller voir dans la cuisine mais alla plutôt décrocher le téléphone, qui disparaissait sous une pile de vêtements d'enfants, en bas de la bibliothèque. Elle composa le numéro de Mason Parrish. Pas de réponse. Les deux petites entrèrent.

– Où il est? demanda Grace.

– Je ne sais pas, dit Emily. Il devait avoir un rendez-vous.

Elle composa le numéro d'Arthur Rosenberg. Sylvia Rosenberg répondit.

– Sylvia? Bonjour, c'est Emily Jessup. Arthur est là?... Vers quelle heure l'attends-tu?... Oh, très bien, merci, nous allons toutes très bien, je n'ai pas fini de défaire les bagages, je vais devoir te laisser, je t'appellerai plus tard pour te raconter tout ça. S'il te plaît, demande à Arthur de m'appeler dès qu'il rentrera... Ecoute, tu ne saurais pas où je peux trouver Mason, par hasard? Je viens d'appeler chez lui mais il n'y était pas.

Elle continua de bavarder ainsi; elle était inquiète, désemparée; elle avait peur.

Vers 6 heures, ce soir-là, Edward Jessup gara sa Toyota dans le parking de Bringham. Il s'était mis à pleuvoir. Courbant le dos, Jessup traversa Shattuck Avenue en direction de la fac de médecine. Il portait le petit sac de voyage de Rosenberg. Il pénétra dans le bâtiment administratif et gagna les sous-sols par un escalier menant au bâtiment B. Les couloirs étaient pleins de médecins en blouse blanche et d'étudiants qui fuyaient la pluie. Il fit jouer la clef dans la serrure et pénétra dans la salle du caisson. Il ouvrit la porte de séparation entre la salle du caisson proprement dite et la salle de contrôle et alluma la lumière dans les deux pièces.

La grande fenêtre de la salle de contrôle était noire et opaque. L'autre pièce était vide à l'exception d'un bassin de porcelaine blanche posé dans un coin et, bien sûr, du caisson peint en noir qui en occupait le centre. Il ouvrit le robinet et l'eau commença à couler dans le caisson. Il régla le thermostat, ouvrit le sac de voyage, en tira un pot de sulfate de magnésium qu'il versa dans l'eau qui bouillonnait au fond du caisson. Il se dépouilla de ses vêtements et retourna vérifier le niveau du liquide à l'intérieur du caisson. Il tira du sac un flacon hermétique et mesura 4 cc du liquide qu'il contenait au moyen d'une seringue qu'il vida ensuite dans un gobelet. Il avala le contenu du gobelet en une seule gorgée et alla ramasser le bassin de porcelaine, non sans jeter un nouveau coup d'œil au niveau de l'eau. Tenant le bassin, il revint près du caisson, attendit que l'eau fût arrivée à la marque prévue et ferma le robinet. Il attendit, appuyé contre le caisson. Au bout d'un moment, il se mit à vomir dans le bassin. Vêtu de sa seule montre-bracelet, il marcha autour de la pièce, se penchant au-dessus du bassin à chaque fois qu'un spasme le prenait. Quand cela fut fait, il déposa soigneusement le bassin dans son coin, se saisit du couvercle noir du caisson et l'appuya contre ce dernier. Un coup d'œil à sa montre et il alla prendre dans le sac un bloc-notes sur lequel il écrivit : *Entré dans le caisson 18 h 22. 16 avril.* Il retira sa montre, la laissa tomber sur le tas de vêtements, ramassa le couvercle, grimpa dans le caisson et s'assit lentement dans l'eau tout en plaçant le couvercle sur ses gonds. Cela fait, il s'allongea dans l'eau, immobile, les yeux ouverts et écouta le silence devenir silencieux. Au bout de quelques instants, il leva son bras blanc et referma sur lui le couvercle, s'engloutissant dans des ténèbres absolues. Il demeura de nouveau immobile, sentant sa respiration s'approfondir jusqu'à devenir une forme en elle-même, tandis que tout son être, tous ses Moi convergeaient vers le centre de la respiration qui était devenue le centre de tout.

Un peu avant 9 h 30, il fit jouer le couvercle sur ses gonds et sortit du caisson avec quelques difficultés car lorsqu'il se laissa glisser sur le côté dans l'éclairage tamisé et jaunâtre de la salle, il était devenu une créature au pelage soyeux, mesurant tout juste un mètre vingt, un bipède aux épaules un peu basses, doté de traits indiscutablement humains, à l'exception de la grosse saillie osseuse qui surmontait ses sourcils, de sa mâchoire prognathe et dépourvue de menton, de son crâne un peu aplati et de son front bas. Ses bras couverts de fourrure étaient un tout petit peu trop longs et ses jambes couvertes de fourrure un tout petit peu trop courtes pour qu'on y reconnût immédiatement l'allure d'un être humain; sa voûte plantaire n'était pas totalement formée, ses pieds avaient gardé quelque chose de préhensile, vaguement simiesque. Il n'en était pas moins une créature curieusement gracieuse encore que primitive, une créature épouvantablement affamée.

Vers 9 h 30, ce soir-là, Hector Ortega, un des employés de la conciergerie de la fac de médecine, était occupé à pousser son chariot de nettoyage le long des couloirs du sous-sol du bâtiment B. Chemin faisant, il vérifiait machinalement la fermeture des portes. Celle de la salle du caisson était inexplicablement ouverte. Quand Ortega y pénétra, ce fut pour trouver les lumières allumées. Il n'était jamais encore entré dans cette pièce qui était inutilisée depuis des années. Elle ne semblait pas avoir particulièrement besoin d'être nettoyée, mais il était curieux et décida de la visiter malgré tout. Par le miroir sans tain, il regarda dans la salle du caisson proprement dite. L'éclairage était tout juste suffisant pour lui permettre de distinguer une pièce vide, à l'exception d'un appareil en forme de cercueil noir qui en occupait le centre. Il songea un instant qu'il pouvait s'agir d'une espèce de chapelle. Il travaillait à la fac de médecine depuis près de six ans et avait vu toutes sortes de pièces étranges dans le sous-sol : salles de physiothérapie et de pathologie, morgue, et l'entrepôt des cours d'anatomie où l'on pendait les cadavres à des crochets comme des quartiers de bœuf, alors, pourquoi pas une chapelle? Ortega était un garçon intelligent de trente-neuf ans. Ce n'était pas quelques cadavres ou un cercueil qui allaient l'impressionner. De toute manière, il ouvrit la porte de la salle pour y aller voir de plus près. Il n'avait pas sitôt ouvert la porte qu'il fut renversé par le bond d'un petit animal féroce que, dans son désarroi, il prit d'abord pour un chien. La soudaineté de l'incident l'effraya indiscutablement mais sa frayeur fut de courte durée. Il n'était pas homme à avoir peur d'un chien. Grommelant quelques jurons espagnols, il se remit debout et sortit de nouveau dans le couloir.

Ce qu'il aperçut alors, à une quinzaine de mètres de lui, fut une créature d'allure simiesque comme il n'en avait jamais vu de semblable. Non qu'il fût un grand connaisseur des singes, mais il savait que ces animaux possédaient de très longs bras et un pelage rude et épais, ce qui n'était pas le cas de cette créature, et il savait aussi que les grands singes se tiennent rarement debout sur leurs pattes arrière comme des hommes. Ce que cette créature faisait. Elle était petite, à peine plus grande que le propre fils d'Ortega qui avait neuf ans, mais elle semblait féroce et produisait une espèce de grondement menaçant et sauvage, retroussant les lèvres et découvrant les dents qu'elle avait jaunes, régulières et très humaines d'apparence. Ortega commençait à avoir peur. Il s'empara prudemment de son balai et entreprit d'en dévisser le long manche. Il héla un collègue qu'il venait de quitter à un couloir de distance.

– Hé! Jameson! appela-t-il.

Puis, de nouveau, plus fort :

– Ho! Jameson! t'es toujours là? Viens donc!

L'écho de sa voix roula dans les corridors déserts du sous-sol. Pas de réponse. Il eut peur à l'idée qu'il allait être obligé d'affronter seul cette créature. Saisissant son manche à balai à deux mains, il fit un pas en direction de l'étrange animal. Ce dernier l'observait attentivement. En dépit du front fuyant et de l'épaisse arcade sourcilière simiesque, le visage était beaucoup plus humain que celui d'un singe et les petits yeux rouges profondément enfoncés dans leur orbite le jaugeaient avec une intelligence humaine.

– Hé, Jameson! hurla de nouveau Ortega. Viens là, bon Dieu, viens voir ça!

Brandissant son manche à balai en direction de l'animal, il bredouilla en espagnol :

– *¡ Es mejor que salgas de aqui antes que cometa una locura* (1)!

La rage envahit soudain le visage de la créature. Elle éleva ses deux poings velus au-dessus de sa tête et poussa un strident hurlement de fureur. C'en était trop pour Ortega. Tournant les talons, il bondit au long du corridor, prit un virage sur les chapeaux de roues, et se précipita en direction du bâtiment D où se trouvait le bureau de la sécurité. Dans son dos, il entendait les murs répercuter l'écho de hurlements enragés. Quand il parvint au bureau de la sécurité, il heurta à la porte et regarda en arrière, agrippant son balai. Le long corridor était désert mais l'écho des hurlements y résonnait encore.

Le sergent George Obispo, un grand bonhomme massif qui portait l'uniforme des vigiles de la faculté, vint ouvrir la porte à Ortega. Il ne connaissait pas ce dernier mais reconnut en lui un compatriote portoricain. Leur conversation se déroula en espagnol.

– *¿ Que pasa* (2)? demanda Obispo.

Il fallut un certain temps à Ortega, dont la respiration était haletante, pour définir la situation.

– *Hay un animal suelto en el edificio B* (3).

– *¿ Que clase de animal es* (4)?

(1) Vaut mieux que tu sortes d'ici avant que je commette une folie!
(2) Qu'est-ce qui se passe?
(3) Il y a un animal en liberté dans le bâtiment B.
(4) Quel genre d'animal est-ce?

De nouveau, il fallut à Ortega quelques instants pour organiser sa réponse.

– *Un mono, yo creïa* (1).

Des profondeurs du bâtiment B, l'écho d'une nouvelle explosion de cris de rage leur parvint, répercuté au long des murs des couloirs déserts.

– *Que carajo* (2), grommela le sergent Obispo avant de se mettre en route à grandes enjambées le long du corridor tout en décrochant sa matraque de son ceinturon.

Ortega trottinait à sa suite, brandissant son manche à balai. Parvenus à la moitié du corridor, ils s'immobilisèrent l'un et l'autre brusquement parce qu'à vingt-cinq mètres devant eux, là où le corridor croisait celui du bâtiment B, l'étrange petite créature venait de faire son apparition, et se découpait dans la lumière diffuse. Elle s'immobilisa un instant pour les dévisager et éclata en aboiements aigus. Elle trouvait apparemment insoutenable sa situation confinée, prisonnière qu'elle était de l'étroit défilé des murs du corridor. Elle disparut brusquement, avec une rapidité stupéfiante, dans la moitié droite du corridor du bâtiment B.

Obispo et Ortega se précipitèrent à l'intersection, mais ce fut pour découvrir un corridor vide. Il existait bien une sortie conduisant au rez-de-chaussée à l'extrémité du couloir, mais sa porte était lourde et difficile à ouvrir même pour un adulte. Le personnel de la fac s'en plaignait depuis des années. Comme il était peu vraisemblable que l'animal sût ouvrir les portes et que, l'eût-il su, il n'eût probablement pas été capable d'ouvrir celle-ci, ils s'imaginèrent l'avoir coincé. Il devait avoir tourné dans le corridor qui s'ouvrait à droite et retournait aux

(1) Un singe, j'ai cru.
(2) Quelle merde!

bâtiments hospitaliers. Ce dernier était fermé par une série de portes qu'on verrouillait à partir de 17 h 30.

Le sergent Obispo saisit le walkie-talkie qu'une lanière retenait à sa ceinture et entra en contact avec deux de ses hommes, de service ce soir-là dans l'aile de la bibliothèque.

– Charlie, y a un animal qui s'est échappé dans les sous-sols du bâtiment B, j'ai besoin de Mingus et toi immédiatement.

Il se remit en route vers l'extrémité du corridor en continuant de parler dans son appareil.

– Vous nous trouverez dans le corridor nord qui conduit au logement des infirmières, vous n'avez qu'à arriver par l'autre bout et nous vous rencontrerons à la porte. Nous allons le coincer, mais c'est un singe de belle taille et je crois que je ferais mieux d'appeler l'animalerie pour leur demander ce qu'il fabrique ici. Soyez très prudents : il a l'air dangereux. Et faites vite parce que je ne sais pas si nous serons capables de le retenir longtemps par ici.

Mais quand ils débouchèrent dans le corridor nord, la créature demeura invisible. L'éclairage était plus que médiocre. Un des tubes fluorescents du plafond avait claqué depuis des mois et n'avait jamais été remplacé – autre sujet de récrimination du personnel médical qui en rebattait les oreilles des employés de la conciergerie. Cette portion de corridor servait parfois d'entrepôt et ouvrait par une porte métallique sur le quai de déchargement de Longwood Avenue : d'énormes cartons vides étaient entassés contre la porte, à gauche du corridor. Elle servait aussi de vestiaire d'appoint pour les étudiants et, de part et d'autre, s'alignait une rangée de casiers métalliques verts ou gris. Le corridor entier baignait dans la pénombre.

– Il doit se cacher quelque part par là, avança Ortega.

– *Yo no se* (1), dit Obispo qui, indiquant de la tête la porte de sortie, ajouta : Tu penses qu'il a pu sortir par là ?

Ce n'était pas l'avis d'Ortega qui n'en ouvrit pas moins la lourde porte et se pencha prudemment à l'extérieur pour jeter un coup d'œil dans l'escalier qui conduisait au rez-de-chaussée d'un côté et au deuxième sous-sol de l'autre. Le sergent Obispo, qui s'était immobilisé à la jonction du corridor du bâtiment B et du corridor nord, replaça son walkie-talkie dans l'étui qui lui battait la hanche et, brandissant sa matraque, avança lentement dans la pénombre, entre les deux rangées d'armoires métalliques du corridor nord, tâtant chaque porte du bout de sa matraque, au fur et à mesure qu'il avançait.

Soudain, avec un hurlement terrifiant, la créature bondit sur lui du haut des armoires. Obispo tomba sur le sol en poussant un cri de terreur, et sa matraque roula à grand fracas sur le ciment. Ortega, qui s'était aventuré à mi-chemin de l'escalier conduisant au deuxième sous-sol, remonta en courant pour assister, dans la pénombre du corridor, à la correction que la hideuse petite créature administrait au sergent Obispo à l'aide de sa propre matraque. A travers le verre cathédrale des portes qui fermaient le corridor, trente mètres plus loin, Ortega aperçut l'image brouillée de deux vigiles en uniforme qui se hâtaient à leur rencontre depuis les bâtiments hospitaliers. Au même instant, les beuglements de douleur d'Obispo parvinrent aux oreilles des deux hommes qui se mirent à courir, saisissant le trousseau de clefs accroché à leur ceinture. Le

(1) Je ne sais pas.

vigile Charlie Thomas ouvrit la serrure des portes. Pendant les quelques secondes que dura cette opération, son compagnon, Lew Mingus, et lui-même ne purent apercevoir, à travers le verre cathédrale, qu'une image déformée de la scène qui se déroulait de l'autre côté : une espèce de mêlée confuse, sur le sol, à une dizaine de mètres des portes, qui explosa soudain pour donner trois ombres distinctes. La créature avait retourné son hostilité belliqueuse contre Ortega et s'était jetée à la poursuite du pauvre homme avec un cri suraigu. Ortega, qui s'était porté au secours d'Obispo, tourna les talons et s'enfuit au long du corridor. Quant à Obispo, il se redressa à grand-peine sur les genoux. L'instant suivant, dans le rectangle de verre cathédrale de la porte qu'ils tentaient d'ouvrir, Thomas et Mingus virent s'encadrer un petit visage velu et féroce que rendait plus horrible encore la déformation du verre cathédrale. Instinctivement, ils se rejetèrent en arrière et Mingus porta la main à l'étui de son revolver. Thomas parvint enfin à ouvrir la porte, et les deux vigiles se précipitèrent dans le corridor mal éclairé. Le sergent Obispo était toujours à genoux, massive silhouette sombre, et se tenait la tête à deux mains. Il saignait en abondance et, à la seconde où ses deux collègues firent irruption, s'effondra inanimé sur le sol. A la jonction des deux corridors, la lourde porte métallique était en train de se refermer avec un soupir d'air comprimé. La créature, quelle qu'elle fût, avait réussi à s'enfuir.

Par la suite, Jessup ne conserva qu'un vague souvenir de sa lutte avec le sergent Obispo et pas le moindre de la manière dont il était sorti du bâtiment. Son premier souvenir précis était celui de la pluie, de la nuit et des chiens – trois chiens abandonnés, en maraude à travers l'obscurité humide, qui passèrent devant lui au beau milieu de la rue obscure. Il les observa d'une quelconque cachette, peut-être l'angle d'une façade en retrait, peut-être aussi l'une des maisons incendiées de Roxbury, un ghetto qui s'étendait au sud-est de la faculté de médecine. Des meutes de chiens redevenus sauvages hantent en effet les zones les plus désolées de Roxbury. Jessup les regarda passer et, quand ils eurent presque disparu, se glissa de nouveau sous la pluie et entreprit de les suivre, en sautillant, à bonne distance, serrant la matraque du sergent Obispo.

Il suivit les chiens parce qu'ils avaient un sens pour lui. Il comprenait les chiens; ils étaient familiers à sa conscience primitive. Ils étaient même la première chose familière, compréhensible, qu'il voyait de la nuit. Où qu'il eût été, Roxbury ou ailleurs, il dut traverser des rues et même de larges avenues bien fréquentées, Columbus et Tremont par exemple. Il dut apercevoir quelques autos, phares trouant la pluie, essuie-glaces chuintant contre le pare-brise. Il dut passer devant des maisons, des fenêtres éclairées, entendre des télévisions et les autres bruits de la ville. Il dut apercevoir un passant ou deux. Mais il ne conserva le souvenir ni des autos, ni des maisons, ni des piétons. Ces choses étaient totalement au-delà de sa compréhension, et il n'en retint aucune impression. Il savait seulement qu'il était seul, isolé en terre absolument étrangère, et que l'instinct le plus primitif le poussait à survivre à cette nuit, à trouver de la nourriture, de l'eau, à fuir les prédateurs – bref, à survivre. Il n'avait conscience de rien d'autre et par la suite, ne se souvint de rien d'autre.

Il suivait les chiens parce que, comme lui-même, c'étaient des chasseurs silencieux, solennels, des animaux affamés, maigres, dangereux. Ils reniflaient les poubelles métalliques et éventraient les sacs à ordures de plastique. Il conserva le souvenir d'avoir traversé un terrain plat et découvert, jonché de pierres, probablement un des terrains vagues de Roxbury dont les immeubles les plus vétustes avaient été rasés. Il suivit les chiens à une cinquantaine de mètres de distance, s'arrêtant un instant pour ramasser une pierre aux arêtes tranchantes. En fait, c'était un fragment de brique rouge. Les chiens traversèrent l'étendue de gravats, Jessup les suivant comme un animal qui n'eût pas encore été accepté au sein de la meute. Etrange scène, sauvage, surréaliste, au cœur délabré de la grande ville moderne, que ces trois chiens sauvages et cette créature simiesque glissant silencieusement sur le pavé luisant des rues obscures et désertes à la recherche d'une proie.

Les chiens savaient où ils allaient, bien sûr. Ce territoire était le leur. Ils se dirigeaient vers le parc zoologique Van Buren. Ils connaissaient un trou dans la clôture et, une fois dans le parc, avaient l'habitude d'attaquer les gallinacés et d'autres petits animaux. Pour commencer, ils pillèrent quelques poubelles devant les petits immeubles qui s'alignaient en face du zoo. Ils reniflèrent l'entrée de quelques impasses et les premières marches de quelques escaliers. Ils cherchaient des rats. Debout sous la pluie, son fin pelage entièrement détrempé, les mains crispées sur son bâton et sur sa pierre, Jessup observait les chiens à distance respectueuse. Des bruits connus lui parvenaient désormais – des trilles et des croassements d'oiseaux, de l'autre côté de la haute grille de fer. Il attendait patiemment, muet, petite créature guère importante avec sa capacité crânienne de gorille mais l'intelligence génétique qui lui permettait de reconnaître toute la valeur d'une pierre et d'un bâton.

De l'autre côté de la rue, il y eut une petite

querelle pleine de grognements et de grondements, les trois chiens se disputant une de leurs trouvailles. Pas grand-chose, probablement, puisque le féroce affrontement ne dura que quelques secondes. Les chiens traversèrent la rue en direction du zoo; humides, crasseux, furtifs, ils avaient des allures de hyènes. Ils continuèrent d'avancer, humant l'air, reniflant le bas de la grille du bout du museau. Tendu, tous les sens en alerte, Jessup les observait sans bouger un seul muscle. Il savait qu'il était dans le vent des chiens. L'un d'entre eux se tourna brusquement dans sa direction, écarquillant ses yeux jaunes, retroussant les babines sur ses crocs. En une fraction de seconde, les deux autres chiens se mirent eux aussi à grogner doucement contre Jessup. Il n'avait pas peur. Il connaissait ces animaux. Avec un cri aigu, il se jeta contre les chiens, brandissant son bâton et sa pierre. Les chiens reculèrent, gardant la distance. Les cris de Jessup avaient réveillé les oiseaux du zoo Il y eut des battements d'ailes, des cris d'oiseaux alertant leurs congénères. Deux des chiens attendaient manifestement que le troisième, leur chef, fît quelque chose. Ce dernier, un mastiff au front taché de blanc, se dirigea en grondant vers Jessup, qui le suivit des yeux avec méfiance. Puis, soudain, le mastiff attaqua, bondissant en direction de la gorge de Jessup. Il abattit son gourdin sur la gueule rouge, luisante, béante du chien. Les deux autres se précipitèrent à l'attaque. Jessup leur fit face avec fureur, criant sa colère à travers la pluie et les ténèbres, les frappant à tour de bras de son gourdin et de sa pierre.

Il se passa alors quelque chose dont Jessup ne conserva pas le souvenir. La lutte à mort fut interrompue par quelque chose, probablement le passage d'une auto. Le vrombissement du moteur qui s'approchait et le pinceau lumineux des phares mirent probablement les trois chiens en fuite. Quand ils revinrent à l'assaut, ils trouvèrent Jessup perché sur la maçonnerie qui couronnait la grille fermant le zoo. Accroupi là-haut, à la manière d'un singe, il nargua les trois chiens. Il se fatigua de ce petit jeu au bout de quelques instants et redescendit de l'autre côté, à l'intérieur du zoo. Il reprit soudain contact avec de la terre et de l'herbe. Le zoo lui-même n'était pas éclairé la nuit, mais les réverbères de la rue dispensaient une lumière suffisante pour que Jessup aperçût des buissons et des arbres luisants sous la pluie. Il se retrouvait en terrain connu et poussa un grognement de plaisir.

Il était dans la faisanderie, un champ qui montait en pente douce jusqu'à la mare des oiseaux aquatiques. Dans la maigre lumière, il apercevait le clayonnage bas et l'herbe humide qui se fondait rapidement dans les ténèbres et le silence. Le zoo dormait et se taisait. Il était peut-être 11 heures. Au bout d'un instant, il crut apercevoir une vague lueur rouge au sommet de la pente et entendre grasseyer une grue dans le lointain. Il se glissa de l'avant à travers l'herbe humide et se retrouva sur l'un des sentiers qui serpentaient dans le parc, qu'il suivit un moment jusqu'à apercevoir une petite étendue d'eau, la mare aux oiseaux aquatiques, qui luisait sombrement dans la nuit. La pluie avait cédé la place à un petit crachin. La nuit était chaude pour le mois d'avril. Il faisait lourd, l'odeur fétide des animaux emplissait l'air et un silence massif pesait sur le monde endormi.

Le caractère absolu des ténèbres et du silence troublait Jessup; ce n'était pas tout à fait normal. Il était désespérément assoiffé et songea un instant franchir la petite clôture qui entourait l'étang pour y étancher sa soif mais il se méfiait encore du terrain. Il contourna la haie en suivant le chemin sur la gauche. Le contact du macadam humide sous ses pieds ne lui plaisait guère mais c'était manifestement une piste, coupant à travers arbres et buissons contre lesquels il lui arrivait de se frotter de temps à autre. Il déboucha brusquement en terrain découvert et sursauta en apercevant un grand bâtiment de pierre dont la masse plus claire se détachait vaguement sur l'obscurité de la nuit.

Il s'était enfoncé d'une centaine de mètres à l'intérieur du zoo, et la lumière de l'éclairage public ne parvenait plus qu'à peine jusqu'aux fenêtres du bâtiment où elle allumait de pâles reflets. Jessup ne sut que penser de ce phénomène. Il continua d'avancer, tâtant prudemment le terrain. Il aperçut de nouveau la lueur rouge, sur sa droite cette fois, et se glissa doucement dans cette direction. Ce qu'il apercevait ainsi, c'était les veilleuses allumées à l'intérieur d'un autre bâtiment auxquelles les vitres teintées des fenêtres et des portes conféraient une nuance rougeâtre. Quand il se fut approché de cette construction de pierres basses et allongées, qui surgissait dans la nuit environnée d'un halo rougeâtre, il demeura fasciné. Traversant prudemment l'esplanade qui s'ouvrait devant le bâtiment, il gagna les portes d'entrée et risqua un coup d'œil à l'intérieur. Il vit une longue salle vide baignée dans une lumière rouge dans laquelle s'alignaient deux rangées de cages. Ces cages contenaient des souris, des porcs-épics, des fouines et des musaraignes, roulés en boule pour le sommeil, et l'on y distinguait un mouvement furtif de temps à autre quand l'un des pensionnaires gagnait son abreuvoir. Tout cela était aussi incompréhensible pour Jessup qu'un téléviseur pour un chat. Ne comprenant rien, il se lassa vite.

Il reprit son chemin dans l'obscurité silencieuse du zoo, contournant de vastes cages vides munies d'épais barreaux de fer au long de sentiers macadamisés et bordés de grilles. De nouveau, il entendit le caquet grasseyant d'une grue, beaucoup plus près cette fois. Il s'arrêta net, figé dans l'attente, l'oreille tendue. Sur sa gauche, s'élevait un promontoire de pierre qu'il discernait à peine; droit devant lui, s'arrondissait une vaste aire grillagée. Sur sa droite, brusquement, derrière le clayonnage, il sentit un mouvement, et une grue couronnée pénétra dans son champ de vision de sa démarche raide, son corps gris presque invisible dans l'obscurité mais les taches blanches et rouges qui marquaient sa tête et le plumet raide et couleur de paille qui la coiffait, nettement reconnaissables dans la lueur rougeâtre. Elle s'immobilisa un instant, écarquillant ses petits yeux ronds avant de pivoter sur elle-même pour se fondre dans la nuit. Jessup demeura immobile, la main crispée sur son éclat de brique, envisageant la possibilité de tuer l'oiseau. La faim le torturait mais tout était trop étrange en ces lieux. Il ne comprenait ni les bâtiments de pierre, ni la lueur rougeâtre, ni la transparence des fenêtres, ni les grilles, ni les clayonnages. Il gagna doucement la barrière de bois basse et fouilla des yeux les ténèbres, cherchant à apercevoir la grue. Mais elle avait disparu. Il repartit.

Et il arriva chez lui. L'obscurité était totale, mais il sut qu'il était chez lui. Il entendait les bruits de la savane d'Afrique orientale, percevait les mouvements brusques et froufroutants de troupeaux d'animaux – des antilopes, probablement. Un épais massif de broussailles épineuses se dressa devant lui. Il leva l'avant-bras pour s'en protéger et écarta les branches. Il se trouvait en fait devant une haie vive d'un mètre vingt de haut masquant la palissade qui entourait la zone du parc baptisée « plaine d'Afrique ». Il se fraya un chemin à travers la haie, se glissa entre deux pieux de la palissade et se retrouva de nouveau dans l'herbe, au bord d'un fossé d'un mètre vingt de profondeur et de trois mètres de large. Ici encore, la lumière qui parvenait de la rue était suffisante pour conférer à Jessup le champ de vision qu'il aurait eu au clair de lune. Sous ses yeux, s'étendait la savane, obscure et silencieuse, brouillée par l'averse. Loin sur sa gauche, il apercevait les reflets d'un trou d'eau. Sur sa droite, le terrain s'élevait en pente douce jusqu'à un bosquet clairsemé où dormaient quelques antilopes, peut-être trois. Il poussa un grognement de plaisir.

Il se laissa glisser dans le fossé. L'obscurité y était totale. Il dut le longer sur une certaine distance avant de trouver une branche en surplomb qui lui permit de se hisser de l'autre côté. Quand il prit pied sur une petite saillie rocheuse, son apparition effraya un troupeau d'une quarantaine de gazelles de Thomson qui s'étaient massées pour la nuit non loin de la palissade de leur enclos. En un instant, le troupeau entier fut sur pied et les minuscules antilopes nerveuses bondirent à toute vitesse à travers la nuit. Jessup brandit son morceau de brique, prêt à tuer. Il se tint parfaitement immobile, attendant patiemment de s'intégrer à ce monde, attendant que sa présence, son odeur, ses mouvements devinssent familiers, naturels, attendant d'en devenir un habitant à part entière. La nuit redevint silencieuse. Du coin de l'œil, il apercevait le trou d'eau à une trentaine de mètres sur sa gauche et la silhouette d'un gnou solitaire, courbé sur l'eau, lapant en silence. Il se déplaça doucement à travers l'herbe humide et gagna l'extrémité opposée du trou d'eau. Il ne voulait pas effrayer l'animal. Il voulait seulement boire. Ensuite, il tuerait quelque chose et le mangerait. Pas le gnou, cette grande antilope était beaucoup trop grosse pour qu'il la tuât seul, il faudrait que ce fût une des petites gazelles. Debout au bord de l'eau, il tenta de sentir la présence éventuelle de prédateurs autres que lui-même; il n'y en avait pas. De l'autre côté de l'eau, le gnou avait levé la tête et l'observait, prêt à bondir. Jessup se laissa lentement tomber sur les genoux, se pencha en avant et se mit à laper l'eau. Au bout de quelques instants, le gnou se remit à boire lui aussi. Pendant un moment, les deux animaux partagèrent le trou d'eau, buvant en silence, sur leurs gardes.

Tout en buvant, Jessup préparait sa chasse. Il comprenait bien la chasse des antilopes; il en avait déjà chassé. Mais jamais seul, toujours en bande. C'était en bande que chassaient ceux de son espèce, qu'ils se déployaient à travers les hautes herbes, petits carnassiers rusés, capables de tuer des éléphants, des chèvres géantes, des antilopes cinq fois plus grosses que le plus fort d'entre eux. C'était de petites brutes avides et grognantes, lentes à la course, peu à l'aise dans les branches, mais chasseurs sans pareils avec leurs épieux et leurs pierres tranchantes. Mais puisqu'il était seul, il devrait se contenter des gazelles miniature, dont le petit troupeau était allé se réfugier sous les arbres clairsemés d'un bosquet, au flanc d'une pente douce, à une cinquantaine de mètres de lui. C'étaient des animaux nerveux, craintifs, il y en avait toujours quelques-uns pour s'agiter autour du troupeau, allant et venant avec la légèreté virevoltante des papillons. Jamais il ne pourrait en attraper une en terrain découvert, elles étaient trop rapides. Il allait lui falloir en isoler une et la coincer contre la palissade de l'enclos ou, peut-être, la chasser jusqu'au fossé. Une fois dans le fossé, il pourrait l'attraper.

Désaltéré, il se remit lentement sur ses jambes et se dirigea doucement vers l'endroit où s'étaient regroupées les gazelles de Thomson, toutes tremblantes même quand elles dormaient. Pas d'herbe haute qui lui eût permis d'approcher à couvert. Il fallait qu'il donnât aux gazelles le temps de s'habituer à sa présence s'il voulait réussir à les approcher. Parvenu à trente mètres environ du troupeau, il s'accroupit et attendit. Il examina le paysage qui l'entourait. Le zoo dormait. Rien ne bougeait. L'air était lourd et humide, mais la pluie elle-même avait cessé. Il attendit. Un mouvement brusque dans le troupeau d'antilopes. Un faon bondissait en zigzaguant et vint rejoindre le troupeau. Brusquement, trois gazelles se précipitèrent, virevoltèrent, ombres à peine visibles. Il se redressa lentement, prudemment, prenant bien garde à ne pas effrayer les animaux, leur tourna le dos et s'éloigna à pas lents. Il cherchait des cailloux, une motte de terre, un petit bout de bois, quelque chose à lancer. Il se dirigea vers un bouquet d'arbres. Il traîne toujours des choses au pied des arbres, des fientes d'animaux séchées, par exemple, ce qui fut précisément ce qu'il trouva. Il en ramassa deux morceaux et retourna discrètement jusqu'à une vingtaine de mètres du troupeau. Tenant son gourdin et sa pierre d'une main, il envoya les deux morceaux dans les arbres sous lesquels dormaient les gazelles, pattes repliées sous le corps. Aux premiers froissements du feuillage, ce fut une explosion folle, les gazelles bondirent en tout sens, comme des feuilles mortes emportées par un tourbillon. Une demi-douzaine d'entre elles se précipitèrent dans la direction de Jessup qui, avec un hurlement, se jeta à leur poursuite, poussant devant lui leurs ombres folles en direction du fossé. Au bord de ce dernier, les antilopes, à l'exception d'une seule, obliquèrent brusquement et disparurent dans la nuit. Celle qui restait tenta de sauter par-dessus la faille qui béait devant elle. C'était trop pour cet animal minuscule qui s'abattit, blessé, au fond du fossé. Avec un grognement de triomphe, Jessup sauta à son tour au fond du fossé et d'un coup de son gourdin, fracassa le crâne de la frêle antilope.

Il se mit à lui frotter le flanc à l'aide de son fragment de brique déchiquetée. Il avait déjà écorché une hanche de l'animal quand il eut le sentiment d'un danger. Il se leva et attendit. Alors il entendit un grognement assourdi. Il saisit sa proie par une patte et s'éloigna rapidement, à pas feutrés, au fond du large fossé. Les parois en étaient juste assez élevées pour lui bloquer la vue. Il lui fallait en sortir. Il se mit en quête d'une branche en surplomb pour pouvoir se hisser. Il finit par en trouver une. Il déposa la carcasse au bord du fossé et se hissa à côté d'elle. Debout, en silence, il fouilla des yeux le terrain humide qui l'entourait. Il se retrouvait au sommet d'une pente douce et discernait le feuillage de quelques arbres, au-dessus de sa tête et le trou d'eau en contrebas. Il ne vit rien d'autre. Il n'entendait plus rien. Il s'accroupit, le derrière au ras de l'herbe mouillée. Il fit passer sa pierre dans la main qui tenait le gourdin et, de l'autre, porta l'antilope à sa bouche et planta ses dents dans la chair tiède et sanglante. Remuant la tête de droite et de gauche, il arracha une bouchée de chair et se mit à mastiquer.

Ce fut alors qu'il aperçut les trois chiens. Ils remontaient la pente dans sa direction, venant du trou d'eau, mouvements d'ombres noires sur l'herbe noire. En quelques instants, ils furent assez près de lui pour lui permettre de reconnaître les marques blanches du mastiff. Toujours accroupi, il poussa un grognement féroce et brandit son gourdin. Les chiens reculèrent en rampant dans l'herbe. Il n'avait pas peur des chiens. Il savait qu'ils en avaient à sa proie et non à lui-même. Enfouissant de nouveau son visage dans le flanc de l'antilope, il en arracha une nouvelle bouchée de chair. Les chiens s'approchèrent en rampant. Il agita son gourdin dans leur direction. Les chiens reculèrent. Tel était son dernier souvenir : accroupi dans l'herbe humide, il dévorait l'antilope avec une sombre satisfaction, écartant les chiens qui grondaient en poussant à son tour un grognement ou en les menaçant de son gourdin. Il était un animal primitif dans son élément.

Un peu après 2 heures du matin, le gardien de service au zoo cette nuit-là crut apercevoir des mouvements suspects dans la « plaine d'Afrique ». Il arrêta sa voiture, en descendit, se pencha au-dessus de la haie et fouilla des yeux l'obscurité. Il se passait indiscutablement quelque chose d'anormal. Il entendit force grondements et grognements. Il longea la haie jusqu'à l'endroit où elle cédait la place à un grillage qu'il franchit sans difficulté. La lune était levée et il vit assez bien ce qui se passait. Trois chiens étaient en train de se disputer quelque chose dans l'herbe. Le garde dégaina son revolver. Les chiens l'aperçurent et s'enfuirent à fond de train. Tendu, le gardien gagna rapidement l'endroit où les chiens s'étaient tenus, pour voir ce qu'ils s'étaient férocement disputé. Il découvrit les restes d'une gazelle de Thomson. Il se détourna rapidement parce qu'il fut pris de nausée et il eût regagné sa voiture sans plus tarder si ses yeux n'avaient été attirés par une grande forme blanche, étendue sous un arbre à une vingtaine de mètres de la scène du carnage. Armant son revolver, il se dirigea lentement vers ce nouveau mystère. C'était le corps d'un homme, tout nu. Le gardien pensa d'abord que c'était un cadavre, puis il s'aperçut que la poitrine se soulevait et s'abaissait rythmiquement. Il fut frappé du sourire réellement béat qui illuminait les traits de l'homme endormi.

Jessup fut réveillé, entraîné au bureau de la sécurité du zoo, invité à couvrir sa nudité d'un imperméable qu'on lui prêta, puis conduit au commissariat de police du parc Van Buren, où il fut placé en garde à vue. Les policiers le considérèrent d'autorité comme un malade mental et Jessup, pensant que c'était un moindre mal, ne fit rien pour les en dissuader. Sur sa demande, ils acceptèrent toutefois de prévenir son épouse qui dit qu'elle allait venir aussitôt. Emily se vêtit à la hâte et réveilla sa propriétaire qui accepta de veiller sur les enfants tandis qu'elle s'absentait d'urgence. Trop désemparée pour agir seule, elle appela Mason Parrish qui vint la prendre vingt minutes plus tard et la déposa au poste. Jessup, toujours vêtu d'un imperméable, fut extrait de sa cellule.

– Je t'ai apporté un pantalon et un chandail, dit Parrish.

– Merci, murmura Jessup. Voyez ce que vous pouvez faire pour me sortir d'ici.

Les flics ne demandaient pas mieux que de se débarrasser de Jessup en le confiant à son épouse. Un quart d'heure plus tard, le trio quittait le commissariat. En prenant place dans l'auto de Parrish, Jessup dit :

– J'aimerais passer par la fac. J'ai laissé mes vêtements dans la salle du caisson.

– Rentrons à la maison, répondit Emily en s'asseyant à sa droite, sur le siège avant, il est 3 h 30 du matin.

– J'y ai laissé ma montre et mon portefeuille. Et mes clés. Il me les faudra pour rentrer chez moi.

– J'ai gardé les miennes, dit Emily.

Parrish se glissa derrière le volant, ferma sa portière.

– J'irai chercher tes vêtements plus tard.

Parrish démarra et ils s'éloignèrent au long des rues désertes et obscures.

Jessup semblait avoir subi un choc. Il était perdu dans des pensées lointaines, étrangement placide, hébété, lobotomisé. Assis en sandwich entre sa femme et Parrish, il regardait par le pare-brise, à peine conscient de leur présence.

– Qu'est-ce que tu faisais dans la salle du caisson? demanda-t-elle.

Il ne parut pas l'entendre.

– Tu te souviens de ce qui s'est passé cette nuit?

Lui jetant un regard absent, il répondit :

– En grande partie, oui, mais il y a des choses qui m'échappent. Il va falloir que tu sois patiente avec moi.

Puis il parut se replonger dans ses pensées.

– J'ai fait courir Mason et Arthur à travers tout Boston pour te chercher cette nuit, dit-elle.

Elle appuya sa tête contre la poitrine de Jessup et se mit à pleurer. Elle l'entendit murmurer contre sa chevelure :

– Ça va. Je vais très bien, tu sais.

Elle ne parvenait pas à croire qu'elle était rentrée d'Afrique depuis seulement une douzaine d'heures.

Parrish les déposa devant l'entrée de l'immeuble de brique rouge de Powell Street où ils avaient vécu ensemble pendant sept ans. Emily gravit les marches du perron et ouvrit la porte encadrée de lierre. Jessup la suivit au long du couloir menant à son appartement. Elle alluma la lumière de la salle de séjour et ils y entrèrent.

– C'est beaucoup mieux rangé que de mon temps, dit-elle. Il faut que j'appelle la maison pour voir si les petites vont bien.

– Je vais prendre une douche, dit-il.

On aurait pu croire qu'ils rentraient du théâtre.

Il la retrouva dans la cuisine devant un café et des biscuits quand il sortit de la salle de bains, un quart d'heure plus tard, enveloppé dans un peignoir. Il se fit une tasse de café instantané. Il semblait d'excellente humeur. Il souriait.

– J'imagine qu'en recevant un coup de fil de la police t'informant qu'on avait retrouvé ton mari endormi, tout nu, dans le zoo du parc Van Buren, tu t'es fait du souci.

– C'est le mot, oui!

– Et puis, avec Mason qui n'a pas cessé de t'écrire que j'étais en pleine dépression nerveuse, tu as dû t'imaginer que j'avais complètement perdu les pédales.

Posant sa tasse sur la table, il s'assit en face de sa femme et s'apprêtait à dire quelque chose, quand il éclata de rire. C'était un vrai rire, ouvert, détendu.

– Excuse-moi, Emily, je suis désolé, dit-il quand il parvint de nouveau à articuler. Je sais que je t'ai fait passer une journée absolument épouvantable. Je suis sûr que tu es restée ici à te creuser la cervelle pour trouver un moyen de me convaincre d'aller consulter un psy.

– Précisément, figure-toi.

– Je ne sais pas comment tu as fait pour me supporter si longtemps.

– Je t'aimais.

Elle ne se laissa pas démonter par sa bonne humeur. Elle était contente, au contraire, de le voir soudain aussi joyeux, lui qui n'était guère démonstratif, en règle générale. Une joie démonstrative – voilà ce qui qualifiait le mieux son état. Il avait le rouge aux joues, sa peau humide dégageait une vapeur, après la douche, et ses yeux brillaient de plaisir. Il rayonnait littéralement derrière sa tasse de café. Elle ne put s'empêcher de lui rendre son sourire. Une bouffée de joie, une jubilation extrême, sembla le submerger et il dut poser sa tasse pour éviter d'en renverser le contenu. Il se leva d'un bond et commença à déclamer, au comble de l'exultation :

– Mon Dieu, Emily! Je ne sais vraiment pas comment te dire tout ça! Je t'assure que je ne sais pas comment te dire!

Il la dévisagea, tout en proie à l'exaltation de ses découvertes cosmiques.

– Oh, Emily! Si tu savais! Un peu de patience! Je t'assure que c'est effarant!

Il gagna la salle de séjour qu'il arpenta au hasard, mû par un trop-plein d'énergie qu'il ne contrôlait pas. Elle le suivit, s'immobilisa sur le seuil et l'observa. Il reprit la parole.

– Je ne me souviens pas de tout. Selon toute apparence, j'ai pénétré à l'intérieur d'un autre état de conscience, très primitif, et je n'ai conservé le souvenir que de ce qui était accessible à cette conscience-là. Je ne me souviens pas, pas clairement, en tout cas, de la manière dont j'ai quitté la salle du caisson. Mon premier souvenir, c'est les chiens. Je me souviens parfaitement des chiens.

Il s'assit sur le bras du fauteuil trop rembourré. Elle demeura sur le seuil.

– Au niveau strictement physiologique, reprit-il, je pense que la drogue que nous utilisons agit suffisamment sur les noyaux cellulaires pour entraîner des modifications de forme. Elle affecte probablement les liaisons. Ce qu'il nous faut, c'est des échantillons tissulaires pour qu'un biophysicien puisse faire des tests de résonance du spin des électrons, des tests RMN : on introduit les échantillons dans un sélecteur d'énergie pour noter le moment où le spin des électrons entre en résonance. J'ai comme une idée qu'il doit s'agir des carbonyls – ils deviennent des radicaux libres, ou du moins libres de créer d'autres radicaux, capables de permettre une restructuration de la cellule et une altération de l'activité des protéines. Mais imaginons même que nous soyons en mesure d'établir le cadre biochimique de cet événement singulier – et alors? Suppose que nous prenions des cellules, que nous les fragmentions et que nous fassions des essais. Très bien. On va trouver des profils ribosomiques aberrants. Je suis bourré de ribosomes monstrueux. Une activité enzymatique dingue. Toutes les polymérases à un niveau incroyable. Je fabrique des protéines à une vitesse effarante! Bon, voyons les choses en face! C'est complètement im-pos-si-ble! Il ne s'agit pas d'une cellule, ni même d'une colonie de cellules devenues folles. Ce n'est pas un cas d'hypertrophie cancéreuse. Nous nous trouvons en présence de la transformation simultanée des milliards de cellules qui composent mon corps, d'une mutation massive de tout mon système biologique, un processus qui a mis des millions d'années pour s'accomplir et qui refait le chemin inverse en quelques heures, en quelques secondes, peut-être! J'aurais pu exploser et faire sauter la moitié de Boston avec moi! D'un point de vue biologique, c'est tout simplement impossible!

Il n'avait cessé d'arpenter la pièce pendant qu'il tenait ce discours. Il se tourna alors vers Emily, un sourire de délice illuminant son visage.

– Il faut donc sortir de la biologie pour comprendre ce phénomène. Il faut faire appel à des disciplines qui ne considèrent pas forcément le temps et l'espace comme des dimensions linéaires. Il faut aller trouver des physiciens. Ce qui a eu lieu, c'est un extraordinaire transfert d'énergie, une espèce de truc radioactif. Nous n'avons pas de physicien parmi nos amis? Parrish en connaît tout un tas au MIT. J'aimerais raconter ma petite histoire à un spécialiste de la physique quantique. Parce que, vois-tu, Emily, j'ai le sentiment que je suis entré, comment pourrais-je exprimer cela, dans une espèce d'état quantique dans lequel il n'existe plus de matière, mais seulement les potentialités de la matière.

Il se rassit lentement sur le bras du fauteuil et marmonna :

– Oui, voilà qui aurait un sens, tu ne crois pas? Une espèce d'état originel, universel, d'énergie potentielle. Je me suis débrouillé d'une manière ou d'une autre pour mettre le doigt sur cette conscience originelle qui est pure potentialité! Putain, ce que cette idée peut être belle!

Il se leva lentement. Il rayonnait littéralement. Il vivait un de ces instants rarissimes où les brumes se lèvent, découvrant tous les horizons du monde dans une clarté radieuse. Parfaitement immobile au milieu de la pièce, il ferma les yeux et contempla l'éternité. Son visage était devenu le masque d'une icône. Il bredouilla :

– Il faut que ce soit vrai. Quelque chose d'aussi beau ne peut qu'être vrai.

Emily ne savait plus que penser. Une seule chose la frappait : il était extraordinairement sensuel; elle avait sous les yeux un homme en proie aux transports de l'amour.

– Nous serons peut-être en mesure d'isoler cette force de la conscience dans un tissu, dans une cellule peut-être même, rêva-t-il tout haut. Nous parviendrons à déterminer ses effets sur d'autres organismes. C'est ce que l'autre fils de pute essaye de faire à l'université du Michigan, depuis quinze ans. Il a repris tous les trucs de Burr. Tu sais, Burr, ce type qui a fait tant de travaux sur les champs vitaux à Yale. Ce qu'il tente d'obtenir, en ce moment même, c'est une modification des champs vitaux par une manipulation de la conscience. Mais j'irai à Stockholm avant cet enfant de salaud! Je lui ai mis un million d'années dans les gencives, cette nuit!

Les yeux brillants de joie, il dévisageait Emily et, quand il reprit la parole, l'enthousiasme, la passion qui l'habitaient le firent crier :

– Je te le dis, Emily, je crois que j'ai découvert la force des forces! J'ai découvert la vérité ultime! et non seulement je l'ai découverte, mais je peux en faire la démonstration en laboratoire, je l'ai découverte sous une forme démontrable et quantifiable!

Avec un soupir extatique, il se laissa tomber entre les bras du gros fauteuil, emporté, rêveur, ravi.

– Je n'ai pas compris un mot de ce que tu me racontais, dit Emily qui commençait à prendre peur de nouveau.

Il demeura vautré dans la mollesse du fauteuil. Il paraissait presque assoupi. Il murmura :

– Quand je t'ai quittée, cet après-midi, je me suis rendu directement dans la salle du caisson, j'ai pris deux cents milligrammes de la substance, je me suis allongé dans le caisson, je me suis programmé pour retourner aux origines de mes forces vitales et, à un moment de la soirée, j'ai opéré la transformation physique de ma propre matière pour revêtir une forme plus primitive, qui sait, la plus primitive de toutes les formes humanoïdes.

Elle rajusta nerveusement sa coiffure.

– Comment ça? Tu veux dire que tu t'es transformé?

– Je suis devenu une petite créature protohumaine, un bipède couvert d'un fin pelage. J'ai suivi une meute de chiens errants jusqu'au zoo. C'est pour ça que je me suis retrouvé là. Ils m'ont attaqué et j'ai grimpé à l'intérieur du zoo pour leur échapper. Là, j'ai chassé, tué et mangé une petite gazelle. J'étais totalement primitif. Je n'étais guère plus que la volonté de survivre, de passer la nuit, de manger, de boire et de dormir. Ça a été le moment le plus satisfaisant de toute ma vie – la satisfaction suprême. Je ne faisais qu'un avec mon monde, avec toutes les forces vitales qui m'entouraient, parfait exemple d'énergie dans une symétrie absolue. J'ai connu l'unité primitive. J'étais devenu mon vrai Moi. De cette nuit, j'ai conservé le souvenir de tout ce qui a trait à ce Moi. Je n'ai rien retenu d'autre. Je ne me souviens pas, comme je te l'ai dit, de la manière dont j'ai quitté la salle du caisson ou la fac de médecine, ni de rien de ce qui s'est passé avant ma rencontre avec les chiens.

La sonnette de la porte d'entrée retentit.

– Ça doit être Mason, dit-elle, heureuse de cette diversion.

– Ecoute, Emily, je ne m'attends pas à ce que tu me croies. Si quelqu'un s'avisait de me raconter une histoire pareille, je le croirais fou, moi aussi. Mais je sais que cela s'est produit et c'est bien pour cela que je suis obligé d'y croire. Il n'y a qu'une seule chose à faire : recommencer pour que vous puissiez l'observer, Arthur, Mason et toi qui êtes tous des scientifiques responsables. Je ne peux pas recommencer avant deux semaines à cause de la tolérance, mais ce sont deux semaines que nous pourrons mettre à profit. Il va falloir préparer des tas de tests et d'examens. Il faudra certainement filmer le phénomène s'il se reproduit. On devrait aussi faire des prélèvements tissulaires et sanguins. J'aimerais parler à des physiciens et à des spécialistes de biologie moléculaire parce qu'en toute franchise, je ne suis pas en mesure d'expliquer comment et pourquoi cela s'est produit. Tout ce que je te demande, c'est de venir voir si cela se produit bel et bien avant de décider que je suis fou et de me rejeter définitivement. Ça n'est pas beaucoup demander, quand même.

La sonnerie retentit de nouveau. Elle se leva et se dirigea vers la porte.

– J'ai peut-être tué un homme, cette nuit, dit-il, ou en tout cas salement amoché. Je me souviens d'avoir frappé quelqu'un jusqu'au sang.

Elle s'immobilisa brièvement devant la porte, poussa un soupir, puis ouvrit. Parrish fit irruption dans la pièce, les vêtements de Jessup sur le bras.

– Eh bien, dis donc, déclara-t-il, si vous saviez le mal que j'ai eu à récupérer ces vêtements! J'ai dû aller les réclamer à la sécurité! Ils demandent que tu les appelles immédiatement. Il y avait une espèce de singe dans la salle du caisson, hier soir; tu es au courant de quoi que ce soit? Ce fichu singe a failli tuer un vigile de la sécurité. Tu n'avais pas amené un singe avec toi, hier soir, non? Ta montre et tes affaires sont dans la poche de ta veste.

Devant le silence qui accueillit ses paroles, il comprit que quelque chose n'allait pas. Il adressa un sourire tendu à Emily.

– Tout va bien? Il va bien?

Elle leva brièvement les yeux et partit chercher du café dans la cuisine en disant :

– S'il va bien, c'est nous tous qui ne sommes pas sortis de l'auberge!

Sur le seuil de la cuisine, elle s'immobilisa et suggéra à son mari :

– Si tu racontais à Mason ce que tu m'as raconté? J'aimerais avoir son avis sur tout ça.

– L'avis de Mason me paraît très prévisible, dit Jessup.

Cambridge,
faculté de médecine de Harvard
avril-mai 1976

Et l'avis de Mason fut effectivement celui qu'on aurait pu prévoir. Il y avait des choses tout simplement inadmissibles, du moins dans l'univers bien ordonné que Parrish souhaitait habiter. Il existait une explication beaucoup plus raisonnable des ridicules événements de la nuit. Jessup avait fini par dépasser la dose d'hallucinogènes qu'il était capable de supporter et avait sombré dans un délire toxique. Ce genre de comportement irrationnel – parcourir tout nu les rues de Boston pour aller dormir au zoo – n'était ni la première, ni la pire histoire de drogué que Parrish eût entendue. Pendant ses études, il avait connu à la fac de médecine un type qui, ayant pris un peu trop d'acide, avait sauté par une fenêtre du douzième étage. Ce qui inquiétait Parrish était que Jessup crût réellement à ses hallucinations, qu'il ne fût plus en mesure de distinguer entre ses hallucinations et la réalité. C'était effrayant, c'était morbide et il estimait que Jessup devait consulter un spécialiste à ce propos. Quant au singe belliqueux des sous-sols de la fac de médecine, Parrish était convaincu qu'on finirait par découvrir qu'un quelconque jeune voyou s'était introduit par effraction dans les bâtiments pour y piquer du matériel ou de la drogue – bref, qu'il existait une explication beaucoup moins sensationnelle à tout cela.

En tout cas, Parrish exprima tout le mépris que lui inspirait cette abracadabrante histoire de transformation et Emily lui en fut reconnaissante. Pendant un court moment, quand Parrish avait fait irruption dans la pièce en racontant cette histoire de singe échappé, elle avait ressenti une espèce de vertige, la désintégration de toute cette certitude. Autrement dit, pendant un court moment elle avait presque cru son mari et l'inébranlable bon sens de Parrish était rassurant.

La compréhension que manifesta Jessup à l'égard de leur incrédulité était insupportable.

– Ecoutez, vous croyez que j'ai fait une crise de délire toxique. D'accord. Je comprends parfaitement. Alors vérifions. Trouvons le fin mot de cette histoire. Et il n'y a pas trente-six façons de procéder. Recommençons. Si j'ai une crise, vous pourrez toujours me désintoxiquer avec un peu de benzodiazépine. Donc, pas de souci à vous faire.

– Si je me fais du souci, figure-toi, c'est parce que tu as plus de deux grammes de cette merde dans l'organisme, brailla Parrish. Tu as manifestement dépassé la dose que tu es capable de tolérer et tu ne sais absolument pas le genre de lésion que tu es en train de t'infliger!

– Oh, Mason, je t'en prie, si j'ai accumulé la quantité de drogue que tu dis, ce ne sont pas deux cents petits milligrammes de plus ou de moins qui vont y changer quoi que ce soit. Le problème, c'est que je ne crois pas qu'il s'agissait d'un délire. Je crois que c'est réellement arrivé et je ne vois qu'une seule manière de le vérifier : essayer de nouveau sous vos yeux à vous.

Un peu avant 5 heures du matin, Mme Lindsay appela pour prévenir que Margaret, la cadette, s'était réveillée et qu'elle ne pouvait plus la tenir : elle réclamait sa mère. Emily partit donc s'en occuper. Le reste de cette fin de semaine continua d'être un cauchemar pour elle. Elle n'avait dormi que quelques heures depuis qu'elle avait quitté l'Afrique, deux jours auparavant, et ne pouvait espérer dormir beaucoup plus ce matin-là. Pas avec la maison dans l'état où elle était et les deux petites d'une humeur épouvantable, parce qu'elles avaient senti la tension nerveuse de leur mère. Elle s'était arrangée avec Mme Thorpe, sa vieille domestique, pour qu'elle vînt ce matin-là l'aider à organiser son nouveau foyer. Elle attendit donc jusqu'à 10 h 30 et, quand Mme Thorpe arriva, Emily n'eut plus que la force de se laisser tomber toute habillée sur son matelas, où elle sombra dans un sommeil agité. Elle s'éveilla à 2 heures de l'après-midi, en proie à la panique, et chercha le téléphone pour appeler Jessup. Mais il n'y eut pas de réponse. Elle appela Parrish qui lui apprit que Jessup était probablement à Harvard pour acheter des bouquins de physique théorique, du moins était-ce l'intention qu'il avait affichée lorsque Parrish l'avait quitté à l'aube. Emily estimait que Parrish, Rosenberg et elle-même auraient dû se réunir pour envisager ce qui pouvait être fait. Puis elle se souvint que les Rosenberg avaient parlé d'aller voir de la famille à Providence, ce jour-là. Il fallut donc attendre le dimanche après-midi pour que les Rosenberg et Parrish la rejoignissent dans la salle de séjour sens dessus dessous pour parler de Jessup.

C'était la première fois que les Rosenberg entendaient parler de la nuit au zoo. Rosenberg jugea improbable l'explication que Jessup donnait de sa soirée et avait tendance à penser, comme les autres, qu'il s'agissait plutôt d'un épisode psychédélique. Mais il dit que Jessup avait eu raison de soutenir que deux cents milligrammes de plus ne lui feraient guère courir de risque. Rosenberg ne voyait aucune objection à venir observer Jessup tenter de nouveau l'expérience une quinzaine de jours plus tard. Emily exprima son désaccord. Elle estimait qu'ils devaient au contraire faire tout ce qui était en leur pouvoir pour dissuader Jessup de poursuivre l'expérience; mais Parrish lui-même dit que cela ne servirait à rien.

– Il n'y a absolument aucun moyen de le convaincre de renoncer. Rien ne l'empêchera de retourner dans ce foutu caisson, dit-il à Emily. Tu le connais mieux que moi et tu sais qu'il le fera, avec ou sans nous. A vrai dire, il vaudrait donc mieux que nous soyons présents.

Puis, brusquement, le lundi arriva et les cauchemardesques incidents du vendredi soir parurent s'éloigner dans le temps – on avait tout dit, on en avait même trop parlé. Parrish et Rosenberg retrouvèrent leurs salles de cours et leurs laboratoires, et Jessup son cours de 9 heures pour le groupe 1 de physiologie. Emily s'éveilla à 6 h 30 du matin, prépara le petit déjeuner des enfants, les lava, les habilla et passa la matinée à les inscrire à l'école réservée aux enfants du personnel de l'université. Ensuite, elle parcourut les magasins à la recherche de stores. A midi, Mme Thorpe vint l'aider à finir de défaire ses bagages. Emily s'absorba complètement dans ses tâches domestiques jusqu'au soir. Alors, dans un moment de calme, tandis que Mme Thorpe préparait le dîner, elle appela Jessup au téléphone. Elle lui avait parlé le samedi soir et, de nouveau, le dimanche matin. Les deux fois, il avait semblé aller parfaitement bien. Cette fois encore, il semblait au meilleur de sa forme.

Il avait acheté des traités de mécanique quantique et les parcourait, de manière à savoir un peu de quoi il parlerait quand il rencontrerait des physiciens, comme il avait prévu de le faire. Il semblait tenir pour acquis, désormais, que Parrish, Rosenberg et elle-même l'accompagneraient dans la salle du caisson, le vendredi en huit, pour l'observer dans le caisson. De fait, un certain nombre de tests et d'expériences avaient même été prévus, au cas où la transformation se produirait. Emily perdait vaguement contenance devant la rapidité avec laquelle la transformation avait été promue au rang des possibles. Elle rappela à Jessup qu'il fallait vraiment qu'il songeât à consacrer un peu de temps aux petites. Cela faisait un an qu'il ne les avait pas vues, et elles le réclamaient. Elle proposa de les lui amener une après-midi après leur sortie de l'école. Il pourrait les emmener quelque part – elle faillit bien dire : au zoo. Elle-même pourrait en profiter pour jeter un coup d'œil aux données qu'il avait rassemblées, écouter ses bandes magnétiques et lire ses notes. Il fallait qu'elle se mette au courant de tout ce qui s'était passé pendant l'année. Jessup trouva l'idée excellente et proposa le jeudi, parce qu'il avait un cours le mardi et que Parrish et lui devaient se rendre au MIT le mercredi pour rencontrer des physiciens.

Dans le matériel rassemblé par Jessup, ce furent les analyses sanguines des laboratoires Goodman et Sarich qui impressionnèrent le plus Emily ce jeudi après-midi. La possibilité d'une erreur technique n'était jamais à écarter mais devenait fort improbable quand les résultats de deux laboratoires différents et aussi réputés concordaient parfaitement. Il ne faisait pratiquement aucun doute qu'une curieuse transformation génétique, certes passagère, avait eu lieu. Les comptes rendus de Rosenberg concernant le fractionnement du mélange lui passaient carrément au-dessus de la tête. La chimie avait toujours été son point faible. Les clichés radio de la gorge de Jessup avaient effectivement quelque chose de simiesque, mais il y avait bien longtemps qu'elle n'avait plus lu de clichés et ceux-là ne lui semblèrent pas d'une clarté exemplaire. En revanche, les bandes magnétiques enregistrées par Jessup pendant ses séjours dans le caisson et plus particulièrement celles de son aphasie passagère lui semblèrent particulièrement remarquables. Les productions vocales de Jessup présentaient une similitude frappante avec celles des babouins qu'elle venait d'enregistrer en Afrique. Les bandes possédaient en outre un caractère de document brut, dramatique, qui l'impressionna. Quand elle eut tout replacé dans les classeurs de Jessup, elle se rendit compte que son intérêt s'était éveillé et qu'elle éprouvait cette curiosité si particulière qu'est la curiosité des scientifiques.

Ils allèrent dîner en famille dans un McDonald's, où ils ne se distinguaient guère des nombreuses autres familles typiquement américaines attablées dans la vaste salle, sinon par le sujet de conversation de maman et papa. Celle-là pressait en effet celui-ci de questions pour lui arracher tous les détails d'une expérience qu'il avait faite huit ou dix millions d'années peut-être dans le passé. Les petites apprécièrent beaucoup le récit des aventures de leur père. Le dîner fut agréable. Jessup raconta aussi son déjeuner de la veille avec les physiciens du MIT. Il était beaucoup plus détendu qu'à l'accoutumée et sut rendre tout cela amusant.

Parrish avait organisé le déjeuner avec un de ses amis, spécialiste de la mécanique quantique qui, avait-il prévenu Jessup, était complètement cinglé, même pour un physicien.

– Ils sont tous bons à enfermer, au MIT, tu sais, tous tant qu'ils sont, avait-il dit à Jessup. Tu passes dix minutes avec quelques-uns de ces physiciens, tu sais, les mecs de la physique des hautes énergies, et tu te retrouves au pays du Petit Poucet. Il faut les lester à mort, les mecs, sinon, ils se retrouvent dans la Lune en moins de deux. J'y ai rencontré un matheux une fois, et je lui ai demandé sur quoi il bossait, il m'a répondu qu'il élevait des théorèmes mathématiques pour produire une race supérieure de théorèmes! Non, tu vois, fous à lier, quoi!

Le nom de l'ami de Parrish était Willard Sproule. Il se révéla un très aimable jeune homme d'une trentaine d'années qui, avec sa coupe de cheveux de garçonnet, ses lunettes à monture de fer et sa chemise de sport ouverte, en paraissait à peine vingt. Il clignait continuellement des yeux derrière ses lunettes et arborait un sourire perpétuel dans l'attente d'un événement imminent et merveilleux. Tout lui tirait des « oh, ouah-ho! » même le simple fait d'être présenté à Jessup. Ils avaient commencé par déjeuner à la cafétéria du MIT et avaient poursuivi leur conversation en traversant le campus pour gagner le bureau de Sproule, ramassant divers chercheurs en chemin. Quand le groupe était arrivé à destination, il s'était adjoint un biophysicien du nom de Goddard, un spécialiste de physique théorique du nom de Murdoch et un chercheur en biologie moléculaire du nom de Garrett Durrell. Tous trois, s'il fallait en croire ce que Parrish avait chuchoté à l'oreille de Jessup, étant évidemment des déments avérés. Aucun d'entre eux ne sembla considérer comme une relative bizarrerie le fait qu'un homme pût se transformer en singe – en tout cas, cette idée entrait manifestement pour eux dans le domaine des spéculations permises. Tous déclarèrent d'ailleurs que, si Jessup avait l'intention de répéter cet exploit singulier, ils désiraient vivement y assister. Jessup avait considéré cette proposition un moment et avait fini par se décider à la rejeter. Il pouvait s'agir, après tout, d'une hallucination particulièrement convaincante et il ne voulait pas courir le risque de se ridiculiser aux yeux de la communauté scientifique avant d'avoir assemblé un grand nombre de preuves indiscutables. Pour le moment, il avait proposé qu'on en restât au niveau strictement spéculatif et théorique, une séance de remue-méninges pour le seul plaisir de réfléchir et de discuter. Les aliénés du MIT avaient aussitôt donné leur assentiment. A plusieurs reprises, au cours de l'entretien qui avait eu lieu dans le bureau de Sproule, ni Jessup ni Parrish n'avaient été en mesure de saisir un seul mot, tout le monde gueulant à la fois, et l'un ou l'autre des participants bondissant sur un bout de craie pour improviser une quelconque leçon au tableau noir.

Les physiciens voyaient toute l'affaire en termes de particules et de niveaux d'énergie. Goddard avança l'hypothèse que Jessup avait pu réussir à effectuer de légères altérations de ses niveaux d'énergie, facilitant certains échanges d'électrons, créant, pour ainsi dire, une espèce de soupe de protéines, à partir de laquelle une recombinaison s'était effectuée au niveau d'énergie optimal. Dans la physique des particules, on rencontre effectivement des situations, dans le triangle des Bermudes, tiens, croyait savoir Goddard, où les trucs sont à un certain niveau et puis, d'un seul coup, on les voit apparaître à un autre. A croire que le truc a brusquement franchi *zip*! une région interdite séparant les niveaux les uns des autres. L'observation de ce genre de désintégration est assez fréquente dans l'interaction des particules. A condition que son histoire fût vraie, on pouvait fort bien imaginer que Jessup s'était arrangé pour réduire l'incertitude de son énergie à zéro, ou à un niveau très voisin de zéro, de telle sorte qu'il avait disposé d'un temps infini pour accomplir sa transformation. Il avait, d'une manière ou d'une autre, maîtrisé l'énergie de toutes ses particules élémentaires simultanément. D'une manière ou d'une autre, mais comment? Quel avait été le déclencheur de ce phénomène?

Là-dessus, les physiciens eux-mêmes étaient divisés. Sproule voyait toute l'affaire comme un exemple de réduction des paquets d'ondes. Murdoch, lui, s'intéressait plus particulièrement à la physique théorique, c'était presque un mathématicien, à vrai dire, et ce qui le fascinait, c'était le fait que Jessup se fût débrouillé pour visiter son propre passé. Il voyait sans peine plusieurs explications mais préférait celle qui consistait à supposer que Jessup avait trouvé un quelconque moyen de pénétrer dans une trajectoire temporelle de Gödel. Ce dernier, un collègue d'Einstein, avait conçu le temps non pas comme une dimension, mais comme une série d'immenses anneaux fermés dont le plus petit diamètre était celui de l'univers.

– Si je prends un petit tas de particules dans une région donnée de l'espace-temps, avait expliqué Murdoch, et que je les aspire vers le haut, cela me permet d'expliquer, dans l'univers de Gödel, que quelqu'un puisse retourner au même temps et à la même structure. Il existe certaines courbes – si l'on suit la même ligne temporelle – qui sont strictement contrôlées par l'accélération de l'espace-temps. Si vous disposez de la même quantité d'énergie, et que cette quantité est constante, vous revenez nécessairement au même événement. Seulement, il faudrait une accélération absolument fantastique, mais alors, là, absolument fantastique.

Le problème, avec cette histoire de l'univers de Gödel, était bien sûr, comme l'avait fait remarquer Sproule, qu'au moment où Jessup avait erré à travers Boston dans son état protohumain, il aurait nécessairement aspiré tout Boston dans son propre espace-temps. Ce qui, bien sûr, ne s'était pas produit.

Jessup, qui avait, autant qu'un autre, le goût de la spéculation pure, avait passé un excellent après-midi. Il concéda cependant à Emily que les physiciens et lui ne partageaient pas la même conception de la conscience. Ils y voyaient une force particulière exercée par une personne particulière. Tandis que Jessup la considérait comme une force cosmique. Peut-être comme la force cosmique, la seule. Notre univers naquit d'une explosion voici vingt milliards d'années, une fantastique explosion d'hydrogène, et continue son expansion à la vitesse de cent dix millions de kilomètres à l'heure. Il y a donc eu un commencement, et il y aura une fin. D'accord, qu'est-ce qui est venu avant et qu'est-ce qui viendra après? D'où sortait l'hydrogène originel? On pouvait toujours appeler ça un acte de création divine, dit Jessup, mais il préférait quant à lui considérer notre univers comme l'autre côté d'un trou noir d'un univers précédent. Bref, il devait exister une première force qui avait fait exploser l'hydrogène originel qui avait donné naissance aux autres forces de la nature. Nucléaire, gravitation et électromagnétisme. Les forces ne s'engendrent pas elles-mêmes, elles doivent être créées. Eh bien, cette force créatrice originelle était ce que Jessup appelait la conscience. On pouvait la baptiser Dieu, si l'on voulait, mais il subsistait une différence. La conscience n'était pas un noumène, un processus spirituel; elle avait une existence phénoménologique, on pouvait l'atteindre, la canaliser, la manipuler. Et c'était bien – Dieu savait! – ce que Jessup pensait avoir fait. Comment l'avait-il fait? Il n'en avait pas la moindre idée. Il y avait tant de variables.

Le dîner, pris tout à loisir, se prolongea jusqu'à ce que les deux petites se fussent endormies, la tête sur la table. Jessup les raccompagna toutes trois à Cambridge. Il restait de la plus belle humeur du monde et il y eut même un instant fragile où il proposa de passer la nuit avec Emily; mais cette dernière manifesta clairement que cela lui eût semblé stupide. Elle venait de passer une année entière à se séparer de Jessup et les événements de la fin de semaine n'avaient fait que ramener à la surface et exposer au grand jour les sentiments qu'elle avait pris tant de mal à réprimer. Elle n'était pas heureuse d'apprendre qu'elle demeurait si vulnérable en face de lui. Elle pensait s'être accoutumée à l'idée du divorce et avait même commencé à dire que c'était peut-être ce qui pouvait lui arriver de mieux. Elle n'avait nulle intention de laisser les relations sexuelles compliquer leur séparation.

Elle le renvoya chez lui, éteignit les lumières et, assise dans la salle de séjour obscure, se laissa sombrer dans un sentiment de malheur vaguement scandalisé – scandalisée que Jessup eût mis un tel désordre dans ses sentiments, scandalisée qu'elle l'eût laissé faire si facilement. Mais il y avait plus que cela. Derrière ses émotions à vif, elle sentait s'insinuer en elle une épouvantable tension nerveuse dans laquelle, par un effort de volonté, elle finit par reconnaître la peur. Elle tenta de définir cette peur mais son esprit d'ordinaire discipliné résista et renâcla. Manifestement, elle avait peur de cette peur. Elle s'endormit avec elle, ou plutôt pour la fuir, et là, allongée sur le matelas reposant sur un sommier nu, et songeant qu'elle devrait vraiment acheter un lit – elle n'aimait pas dormir si bas, près du plancher – elle sentit la peur la pénétrer soudain, visible, identifiable, et elle la reconnut pour ce qu'elle était. Elle avait peur que l'histoire grotesque, démente, incroyable de Jessup brièvement transformé en une créature hominienne fût vraie. Elle avait peur, Dieu l'en préserve, de commencer à le croire, elle avait peur de l'avoir probablement toujours cru.

Plus question de trouver le sommeil. Elle se leva et erra à travers l'obscurité de son appartement, s'arrêtant sur le seuil de la chambre des petites pour les regarder dormir; se disant que ce n'était qu'une de ces paniques de minuit, et qu'au matin, tout redeviendrait normal. Mais elle savait que c'était faux, elle savait que quelque chose de terrible était en train de se produire et qu'elle devait y faire face. Il n'était pas encore 1 heure; elle appela donc Jessup.

– Je suis épouvantablement paniquée, Eddie. J'ai besoin de te parler.

– J'arrive, dit-il.

Elle le regarda par la fenêtre se garer devant la maison et alla lui ouvrir la porte. Il n'avait pas sitôt pénétré dans le vestibule obscur qu'elle dit :

– Je ne sais même pas comment te le dire, mais je commence à croire que ce qui t'est arrivé vendredi dernier n'était pas une simple hallucination. J'ai comme l'intuition physique qu'il s'est effectivement produit quelque chose de tangible, que tu as subi une espèce de transformation génétique. Je ne sais pas pourquoi je pense cela contre toute raison, mais c'est un fait. Et du coup, je suis terrifiée, mais alors, vraiment terrifiée, pétrifiée.

– Moi aussi, dit-il.

Ils gagnèrent le seuil de la salle de séjour où ils s'immobilisèrent de nouveau, au voisinage du lampadaire.

– Je ne veux pas que tu recommences cette expérience la semaine prochaine, dit-elle.

– Il faut que nous sachions si cela s'est vraiment produit, Emily.

– Je propose seulement que tu suspendes les expériences tant que nous n'en saurons pas un peu plus long de manière à être en mesure de diminuer les risques.

– Nous n'aurons jamais aucun moyen d'en savoir plus long avant l'événement, dit-il. C'est une singularité absolument inexplicable et nous ne pouvons travailler qu'à partir de l'événement lui-même. Nous devons nous assurer qu'il s'est effectivement produit, et alors seulement nous serons en mesure de tenter de comprendre comment et pourquoi il s'est produit.

– Tu ne comprends pas ce que je suis en train de te dire.

– Si, je t'assure que je comprends. Tu te fais du souci pour moi et je le comprends fort bien. J'aimerais pouvoir te rassurer mais j'ai moi-même une peur bleue. Nous n'avons que des inconnues dans cette affaire. Nous ignorons ce qui s'est passé la dernière fois et nous ignorons ce qui se passera la fois prochaine. Il y a de fortes chances, toutefois, pour que l'expérience, quelle qu'elle soit, ne dure que quatre heures environ. Cela a toujours été comme ça depuis le début.

Ils se tenaient à l'entrée de la pièce, les yeux rivés l'un sur l'autre, conscients qu'ils tentaient de discuter raisonnablement d'absurdités monstrueuses.

– Tu risques de te causer des dommages génétiques irréversibles, finit-elle par dire.

– Je ne crois pas qu'il s'agisse de génétique, en l'occurrence, ni même d'évolution, ni d'aucun autre concept biologique de la vie. Ce qui s'est produit, si cela s'est effectivement produit, est biologiquement impossible. D'une manière ou d'une autre, j'ai rendu physique une expérience hallucinatoire et, malgré le caractère physique que je lui ai ainsi conféré, c'était un événement psychologique. Nous sommes au-delà des questions de masse et de matière, dans cette affaire; au-delà même de l'énergie. Nous remontons plus loin que la première molécule, au-delà de la première seconde du temps. Ce à quoi nous remontons, c'est la première pensée, la première pensée consciente, la pure conscience de la création. Alors je ne crois guère à la possibilité de dommages génétiques. Mais je ne puis t'assurer qu'il ne se passera rien de grave, pas plus qu'un astronaute ne pourrait promettre à sa femme qu'il ne sera pas rejeté dans l'espace quand il sortira de sa capsule au bout d'un cordon de soie. Mais il faut que je sache, Emily, j'ai besoin de savoir si cela s'est produit, et si cela s'est produit, j'ai besoin de savoir pourquoi. Un événement extraordinaire a eu lieu, il faut que je sache comment et pourquoi. Tu es toi-même une scientifique, tu dois donc comprendre cela.

– Tout ce que je sais, c'est que je suis ta femme et que je suis terrifiée.

– Inutile d'endosser cette responsabilité. Tu ne peux rien pour m'empêcher de répéter cette expérience la semaine prochaine. C'est trop extraordinaire.

– Mais je sens, je sens physiquement que quelque chose de monstrueux va se produire!

– Tous les éléments dont nous disposons indiquent qu'il ne se produira rien d'irréversible. Aucune des expériences que j'ai connues ne s'est prolongée au-delà de quatre heures, au bout desquelles je me suis toujours complètement reconstitué. Rien n'indique que j'aie jamais subi le moindre dommage.

– Tu ne comprends pas que je suis en train d'essayer de te dire que je t'aime!

– Je le sais. Mais moi j'essaie de te dire que nous nous trouvons en face de quelque chose de si extraordinaire qu'il m'est impossible de l'ignorer volontairement et d'y renoncer. Tous les jeux sont faits, c'est le grand « rien ne va plus »! Nous allons peut-être ouvrir une boîte de Pandore qui bouleversera toutes nos conceptions de l'espace-temps. Peut-être avons-nous découvert le lien avec un autre univers! Pour l'amour du ciel, Emily, tu dois bien comprendre l'effet que cela me fait!

Et elle le comprenait, bien sûr. Si elle avait été dans la même situation que lui, elle n'eût pas été moins obsédée. Sans qu'elle sût comment, cette idée la calma. Elle alla s'asseoir dans le gros fauteuil sous le lampadaire.

– C'est vrai, je comprends, dit-elle, et je n'en discuterai plus. Il est très tard, Eddie. Tu veux passer la nuit ici? J'ai besoin de compagnie.

De la zone d'ombre dans laquelle il était demeuré, il la regarda longuement.

– Tu as dit tout à l'heure que tu ne voulais pas ajouter à la confusion de notre situation.

Elle eut un faible sourire.

– Je ne vois pas comment je pourrais ajouter à la confusion dans laquelle je suis et, pour le moment, un peu d'amour me rassurerait et me ferait du bien. Reste, va.

– Tu sais que j'en ai envie, dit-il.

Le vendredi soir 30 avril, le temps lui-même se mit au diapason et un orage de circonstance s'abattit sur Boston, l'averse fouettant les rues tandis que des éclairs livides illuminaient par intermittence les bâtiments de la fac de médecine au milieu des grondements du tonnerre. Parrish arriva à la salle du caisson vers 6 heures moins le quart. Vêtu de sa longue blouse de médecin, il roulait devant lui une table d'auscultation surmontée de la potence d'un goutte-à-goutte qu'il était passé prendre au service des urgences. Sur la table elle-même tremblotait en cliquetant et ferraillant tout un attirail hétéroclite – plateaux et instruments de prélèvement, un Nikon 24 × 36 et un magnétoscope. Rosenberg, qui était déjà arrivé, l'aida à faire entrer la table dans la salle. Il avait apporté son petit sac de voyage de toile à l'emblème d'une compagnie aérienne, bourré de flacons, de tubes, de drogues et de seringues, son appareil à électro-encéphalogramme portatif et deux lampadaires orientables. Jamais la pièce n'avait été aussi encombrée.

– On va avoir assez de prises de courant, dans cette pièce? s'enquit Parrish.

– Oui, t'en fais pas, dit Rosenberg en examinant la caméra du magnétoscope. Je ne me suis jamais encore servi d'un de ces machins-là.

– Bah, tu vises et tu filmes, c'est pas sorcier.

Avec un grognement, Parrish s'assit par terre, adossé contre la paroi insonorisée, les genoux repliés. Rosenberg tira de son sac un flacon d'amylate de sodium et entreprit de l'agiter.

– En cas de besoin, dit-il, je lui en filerai sept cent cinquante milligrammes, c'est bien ce que tu veux?

Perdu dans la contemplation du plafond, Parrish répondit :

– Qu'entends-tu par « en cas de besoin »?

– Au cas où la transformation se produirait.

– Mouais, grommela Parrish.

Emily et Jessup arrivèrent avec vingt minutes de retard. La Toyota était tombée en panne et ils avaient dû prendre un taxi. Ils étaient trempés. Emily entra en secouant un parapluie ruisselant. Parrish grommela :

– Si vous alliez mettre vos manteaux dans la salle de contrôle. Il y a assez de bordel comme ça ici.

Emily tendit son imperméable à Jessup qui l'emporta dans la salle de contrôle. Elle s'immobilisa près de la table d'auscultation et montra du doigt le flacon du goutte-à-goutte.

– Qu'est-ce qu'il y a là-dedans?

– Oh, rien, une solution de dextrose à 5 p.c. répondit Rosenberg poussant la table et les lampadaires contre un mur. On commencera par lui injecter une bonne dose d'amylate. Ce sera suffisant pour une vingtaine de minutes. Après, on a pensé le mettre sous goutte-à-goutte.

Jessup revint de la salle de contrôle en déboutonnant sa chemise.

– Ecoutez, dit-il, si ça marche, et qu'en sortant du caisson je suis un anthropoïde, ma conscience sera très primitive. Alors, pour me mettre sous sédatif, le plus malin serait de me faire la piqûre directement dans le caisson, avant que j'aie eu le temps d'en sortir. Si ça marche, je mesurerai à peu près un mètre vingt et j'aurai donc de l'eau jusqu'aux hanches. J'aurai beaucoup de mal à sortir du caisson mais, une fois dehors, il n'est pas dit que vous arriverez à m'attraper. Si possible, le mieux serait donc de me piquer avant, c'est la meilleure solution.

– Entendu, dit Rosenberg.

Jessup regagna la salle de contrôle. Parrish ricana.

– Je vais vous dire une bonne chose, moi : s'il ressort de ce caisson avec une tête de singe, je vais directement à l'asile et je demande un internement volontaire.

Il était 6 heures passées. Vingt minutes plus tard, Jessup s'allongea dans le caisson et ils éteignirent l'éclairage du plafond. Ils s'assirent çà et là autour de la pièce dans la semi-obscurité, adossés contre le matériau doux et poreux des parois insonorisées, à peine visibles les uns pour les autres, à l'exception de leur visage gris où se peignait un ennui croissant au fur et à mesure que la soirée s'étirait en longueur. Ils sombrèrent rapidement dans un silence maussade qu'interrompaient seulement de rares remarques décousues, marmonnées à mi-voix. De temps à autre, Parrish allait au caisson et ouvrait le regard aménagé dans le couvercle au niveau de la tête pour regarder Jessup. Au centre du carré noir qu'il découvrait ainsi, il apercevait le visage blanc de Jessup comme un masque de plâtre reposant sur un coussin de deuil.

La longue veille silencieuse et sombre se poursuivait. A tour de rôle, ils allaient aux toilettes, ou simplement faire quelques pas pour se détendre et, quand ils rentraient, demandaient toujours :

– Qu'est-ce qui se passe?

Il ne se passait rien. L'un ou l'autre se levait brusquement pour s'étirer les jambes. A un moment, Emily rompit le silence pour dire d'une voix plus effrayée qu'elle-même ne s'y était attendue :

– Dites, est-ce que nous avons un moyen d'arrêter tout ça? Je commence à avoir peur – vraiment. Enfin, quoi, qu'est-ce que nous faisons? Nous sommes en train de tripatouiller toute sa structure génétique. A mon avis, nous ferions mieux d'arrêter. Il faut interrompre ça tout de suite. Est-il trop tard pour renoncer, Arthur?

Parrish, qui tripotait le magnétoscope, le reposa sur la table d'examen et marcha de nouveau jusqu'au caisson dont il ouvrit le couvercle. Le masque blanc de Jessup reposait dans la sérénité silencieuse des ténèbres du caisson.

– Est-ce que tu peux le faire redescendre, Arthur?

– Seulement s'il le veut bien; vous voulez que j'essaye?

Rosenberg se leva, passa dans la salle de contrôle, brancha son micro et demanda :

– Comment vas-tu Eddie?

Il attendit une réponse qui ne vint pas.

Un peu avant 9 h 30, Parrish revint des toilettes pour la troisième fois.

– Qu'est-ce qui se passe? demanda-t-il aux deux formes assises dans l'ombre, contre le mur, à droite du caisson.

– Rien, marmonna Rosenberg.

Traînant les pieds, Parrish retourna une nouvelle fois au caisson et ouvrit le regard pratiqué dans le couvercle. Mais il ne vit pas le visage blanc de Jessup. Cette fois, il découvrit le masque endormi d'un être assez semblable à un gorille dont la peau était noire et le poil luisant. Il n'y avait presque pas de front, le court pelage du crâne descendant presque jusqu'à la forte arcade sourcilière simiesque qui surmontait les yeux. Le pelage était plus fin que celui des singes et ne couvrait pas entièrement les oreilles. Le prognathisme était prononcé, les lèvres protubérantes étaient ouvertes, révélant de fortes dents jaunes mais très humaines. Même fermés, les yeux eux aussi étaient plus humains que simiesques, grands, peu enfoncés dans les orbites. Le cou, les épaules et le haut de la poitrine étaient couverts d'une fourrure courte et fine. Hébété, Parrish s'absorba un long moment dans ce spectacle terrifiant.

– Merde alors, soupira-t-il.

Rosenberg leva les yeux. Parrish demeura silencieux, penché au-dessus du carré noir découpé dans le couvercle du caisson.

– Il n'y a pas moyen, aucun moyen d'expliquer ça à un niveau physique, dit doucement Parrish.

Levant les yeux à son tour, il rencontra le regard interrogateur de Rosenberg.

– Ta seringue est prête, Arthur? Il a bien dit qu'il fallait le piquer dans le caisson, pas vrai?

A l'intérieur du carré noir, les paupières de la créature se soulevèrent lentement, révélant des yeux rouges et malveillants.

– Bon Dieu de bois, Arthur, lança Parrish, amène ta putain de seringue au trot!

Rosenberg fut sur pied aussitôt, seringue brandie. Emily n'avait pas bougé. Elle demeura assise contre le mur, des larmes ruisselant sur ses joues.

Ils firent la totalité des tests qui avaient été prévus. Emily n'eut pas la force d'y assister. Elle passa le plus clair des deux heures qui suivirent à arpenter les corridors du sous-sol du bâtiment B. De temps à autre, elle entrait dans la salle de contrôle et d'observation, mais le spectacle de son mari réduit à l'état de nabot anthropoïde lui était intolérable et elle ne pouvait supporter la vue de ses deux meilleurs amis occupés à le manipuler comme le premier animal de laboratoire venu. Au bout de dix secondes peut-être, les nerfs à vif, elle quittait précipitamment la pièce et retournait arpenter les corridors en fumant cigarette sur cigarette.

Pour commencer, Parrish et Rosenberg prirent des photos. Deux rouleaux du Nikon : vues d'ensemble ou de détail, photos des pieds curieusement plats de la créature, des doigts vigoureux et allongés de ses mains couvertes de fourrure, photos de sa tête, de ses bras, de ses jambes. Ils l'avaient allongé sur la table d'auscultation sous la lumière crue des deux lampes orientables, et Rosenberg avait méthodiquement dirigé l'objectif du Nikon sur une partie puis l'autre de son corps en murmurant des instructions à l'intention de Parrish.

– Bon, mets-le sur le côté.

Et Parrish tournait et retournait le petit corps de la créature. Ce fut ensuite au tour de Parrish de filmer au magnétoscope tandis que Rosenberg déplaçait les bras et les jambes de la créature pour montrer la morphologie et le fonctionnement de sa musculature.

Parrish et Rosenberg, faut-il le dire, étaient en proie à une excitation intense, et celui-ci plus encore que celui-là. Lui de coutume si doux, si calme, si gentil, haletait comme une amoureuse. Il courait tout autour de la table, enfonçant le déclic de son appareil, parlant à toute vitesse entre chaque cliché.

– Ecoute, il n'y a pas moyen d'échapper à ce problème de l'espace-temps. Toute cette histoire présente une dimension temporelle. Une fixation, enfin, pourquoi revient-il toujours au même point du continuum évolutif? La drogue doit contenir des composantes qui agissent préférentiellement sur le cadre temporel. Ça ne peut pas dépendre uniquement de la conscience. Ce serait complètement contraire au bon sens, y a pas à tortiller. Merde, Mason, on est en plein espace-temps multidimensionnel! C'est de la relativité post-einsteinienne, voilà mon sentiment, tu te rends compte! On a mis la main sur quelque chose d'explosif, Mason! Vas-y, Mason, tu peux le retourner, je vais faire le dos!

Parrish préleva des échantillons de tissu. Pour ce faire, il dut raser le poil au niveau d'une hanche et fit une biopsie.

– Il a la peau noire, marmonna-t-il.

Rosenberg se déplaçait à travers la pièce, en proie à la plus vive agitation. Il tendit à Parrish un flacon rempli d'une solution saline pour y déposer le prélèvement.

– Ecoute un peu, reprit-il, sans grande cohérence, qu'est-ce que ça veut dire – j'entends par là, comment définit-on ça? Comment le décrit-on? Il n'existe aucun schéma cohérent pour rendre compte d'un truc pareil, ça ne s'inscrit à l'intérieur d'aucun cadre connu. Il va falloir mettre au point tout un langage nouveau! Rien ne va plus, mec, rien ne va plus! Il nous faut une description absolument inédite de l'espace-temps. On nage en plein inconnu, on pédale dans la semoule, moi j'te l'dis!

– Passe-moi un tampon de gaze, demanda Parrish, qui était prêt à arrêter l'hémorragie sur la cuisse de la créature.

Ils firent des prélèvements sanguins et un électro-encéphalogramme.

– Faudra compter avec un tas de ralentissements diffus, dit Parrish. Il a avalé une telle dose de sédatif!

Ils pratiquèrent une biopsie musculaire et une ponction lombaire pour recueillir du liquide céphalo-rachidien et prirent la tension de la créature. Quand ils eurent fini, il était près de minuit. Ils interrompirent le goutte-à-goutte, retirèrent le trocart et allongèrent doucement la créature sur le sol. Puis ils vidèrent la salle du caisson de tout le matériel qu'elle contenait, poussant la table d'auscultation roulante dans le corridor, après l'avoir chargée de tout ce qu'ils purent empiler dessus.

Quand ils sortirent, Emily leur demanda :

– Il va bien?

– Je crois que tu ferais mieux de rester à l'extérieur, répondit Parrish. Il va bien, mais le sédatif va cesser d'agir d'ici quelques minutes et nous ignorons ce qui va se produire.

Rosenberg, qui s'affairait maintenant à sortir de la salle son appareil électro-encéphalographique portatif, ajouta :

– Nous ignorons combien de temps va s'écouler avant qu'il ne se reconstitue.

– S'il se reconstitue, dit Emily.

– Jusqu'ici, les effets de la drogue se sont toujours dissipés au bout de quatre heures, répondit Rosenberg. Il est toujours redescendu au bout de quatre heures et, la dernière fois, il nous a dit qu'il s'était reconstitué au bout de quatre heures.

– Jamais nous n'aurions dû le laisser faire! dit Emily. Comment avons-nous pu le laisser nous convaincre? C'est une folie. C'est parce que nous avons refusé de croire que ça pouvait se produire que nous avons accepté. Nous pensions qu'il était fou et que mieux valait lui passer son caprice. Oh, mon Dieu, je sens qu'il va se produire quelque chose d'épouvantable. Où l'avez-vous mis?

– Il est enfermé, répondit Parrish. Nous allons le remettre dans le caisson, c'est ce qu'il nous a dit de faire.

– Je rentre avec vous, dit Emily.

Elle ouvrit la porte de la salle d'isolement et ils lui emboîtèrent le pas. Passant dans la salle de contrôle et d'observation, elle observa ce gros ours de Parrish ramasser la petite créature velue sur le plancher et aller la déposer de nouveau dans le caisson semblable à un cercueil. Ils éteignirent de nouveau le plafonnier et rejoignirent Emily derrière la vitre d'observation. Parrish, qui portait toujours sa longue blouse blanche, se laissa glisser sur le plancher, inclina la tête et ferma les yeux. Il était épuisé, vidé. Ils l'étaient tous. Rosenberg se jucha sur son tabouret et posa la tête sur ses bras repliés qu'il appuyait sur la console de contrôle. Emily, debout devant le miroir sans tain, regardait la salle du caisson plongée dans une semi-obscurité. Ils n'avaient plus rien à se dire. Comme Emily, ses deux compagnons étaient soudain la proie du remords et des regrets. Le caractère parfaitement incompréhensible de l'événement auquel ils venaient de participer les plongeait brusquement dans le désarroi et la frayeur. Parrish était en nage. Des frissons glacés le parcouraient.

– Je ne sais pas, marmonna-t-il par-devers lui, plus qu'à l'adresse de ses compagnons. Franchement, je ne sais pas...

Rosenberg se redressa avec des gestes las pour installer le magnétophone et le mettre en marche. La cassette se mit à se dévider avec un petit ronronnement.

Dans la pièce obscure, de l'autre côté du miroir sans tain, le caisson reposait dans le silence, menaçante boîte noire. Et soudain, purement et simplement, il explosa. Il y eut un éclair assourdissant de lumière bleue qui irradia à travers la pièce, les quatre parois du caisson volèrent en miettes comme si une explosion nucléaire venait de se produire à l'intérieur. Un geyser monta jusqu'au plafond, accompagné d'un nuage en forme de champignon, puis l'eau retomba dans un bruit de tonnerre et se stabilisa presque au niveau des chevilles. Des ondes de lumière infrarouge parcouraient la pièce qui s'emplit de radiations orange et jaunes qui semblaient plus chaudes que le soleil. La salle semblait sur le point de fondre. A l'endroit qu'avait occupé le caisson, une masse de substance blanchâtre, parcourue de pulsations, s'éleva lentement au-dessus de l'eau bouillante. C'était probablement ce qui restait de Jessup. Un énorme morceau de cette masse grotesque et amorphe semblait avoir été arraché, laissant apparaître une espèce de squelette. Folle de terreur, Emily poussa un hurlement strident. Sans cesser de hurler, elle se précipita contre la porte fermée à clé et, toujours hurlante, tenta fébrilement de l'ouvrir. Parrish et Rosenberg, qui s'étaient levés, se tassèrent sur eux-mêmes et demeurèrent pétrifiés, les yeux rivés sur le miroir sans tain.

Au milieu de la salle qui flambait avec des lueurs rouges, la masse de substance semblait lutter pour prendre une forme déterminée. Des moignons de bras et de jambes, grotesquement déformés et mal placés, apparaissaient puis se rétractaient. La sub-

stance elle-même changea de couleur, bouillonnant comme si elle cuisait d'un feu intérieur. Des protubérances, une espèce de groin, des yeux se dessinèrent puis s'effacèrent. Soudain, Jessup lui-même se dressa brièvement devant eux, son corps blanc et nu nettement reconnaissable, les mains à plat le long des flancs, blanche statue qui changea aussitôt de couleur, prit la teinte brûlée, brunâtre de la boue séchée et se couvrit de mille fines craquelures. Pendant une fraction de seconde, la silhouette sembla sur le point de se désintégrer, de voler en poussière. Elle se mit à hurler – hurlement si perçant et qui exprimait une angoisse, une souffrance telles qu'il mit un terme à l'accès d'hystérie d'Emily. Elle parvint à faire jouer la serrure et se précipita dans la pièce, pataugeant à la rencontre de son mari, tandis que la salle était brusquement plongée dans le noir absolu des espaces intersidéraux, un noir qui palpitait d'ondes de force, de radiations épouvantables. L'énergie pure emplit la pièce de son vrombissement assourdissant de ruche en folie. L'espace résonnait et paraissait onduler. La forme de Jessup, qui demeurait distinctement humaine, parut prise au centre d'un tourbillon d'énergie et d'énormes variations de température, sa couleur changeait rapidement, du blanc lumineux à l'infrarouge glauque, de la pourpre éclatante des radiations ultraviolettes au gris verdâtre des rayons X. Sa forme elle-même sembla se dissoudre en un fouillis de vibrations dans la palpitation des ondes d'énergie qui le pénétraient. Soudain, son corps enfla jusqu'à devenir une sphère de gaz distendu, d'un horrible gaz jaune virant au rouge puis, aussi soudainement, s'affaissa sous l'effet de son propre poids écrasant. Ses entrailles s'embrasèrent, ranimant le délirant kaléidoscope des couleurs, devenu d'une chaleur si phénoménale qu'il virait au blanc aveuglant. Il se remit à hurler sous l'effet d'une hideuse terreur, tombant à genoux comme un soldat de plomb fondu, implosant comme s'il était lui-même un trou noir absorbant sa propre substance. Emily se jeta sur la masse d'antimatière de plus en plus informe qu'était devenu son mari et l'enlaça. Il n'avait pas dû s'écouler plus de quinze secondes depuis la première explosion. Pendant tout ce temps, Parrish et Rosenberg étaient restés figés, sur place, les yeux écarquillés, au comble de l'hébétude et de la stupéfaction.

Entre les bras d'Emily, la forme de Jessup vibrait, se fendait, parcourue de soubresauts et de palpitations. De nouveau, il poussa son hurlement suraigu d'angoisse primitive. Ses yeux aveugles semblaient contempler fixement quelque horreur existentielle et indicible. Puis les deux protubérances changeantes qui ressemblaient encore vaguement à des bras s'écartèrent pour se refermer autour de son épouse, et ils se retrouvèrent agenouillés ensemble sur le sol inondé de la pièce, étreinte terrifiée de deux silhouettes absolument seules au centre de la densité ténébreuse d'une concentration d'énergie sans étendue, accrochés l'un à l'autre pour affronter l'horreur des origines de l'homme.

Puis, aussi brusquement que tout avait commencé, tout fut fini. Le grondement démentiel des forces entropiques cessa brutalement. Les ténèbres cosmiques se dissipèrent comme par enchantement, et Emily se retrouva pressant contre son cœur la forme nue et désormais entièrement reconstituée de son époux. Ils demeurèrent enlacés dans cette étreinte désespérée au milieu de la salle dévastée. La pièce était entièrement jonchée des éclats de bois du caisson qui flottaient à la surface de l'eau qui recouvrait le sol. Jessup avait cessé de hurler. Il

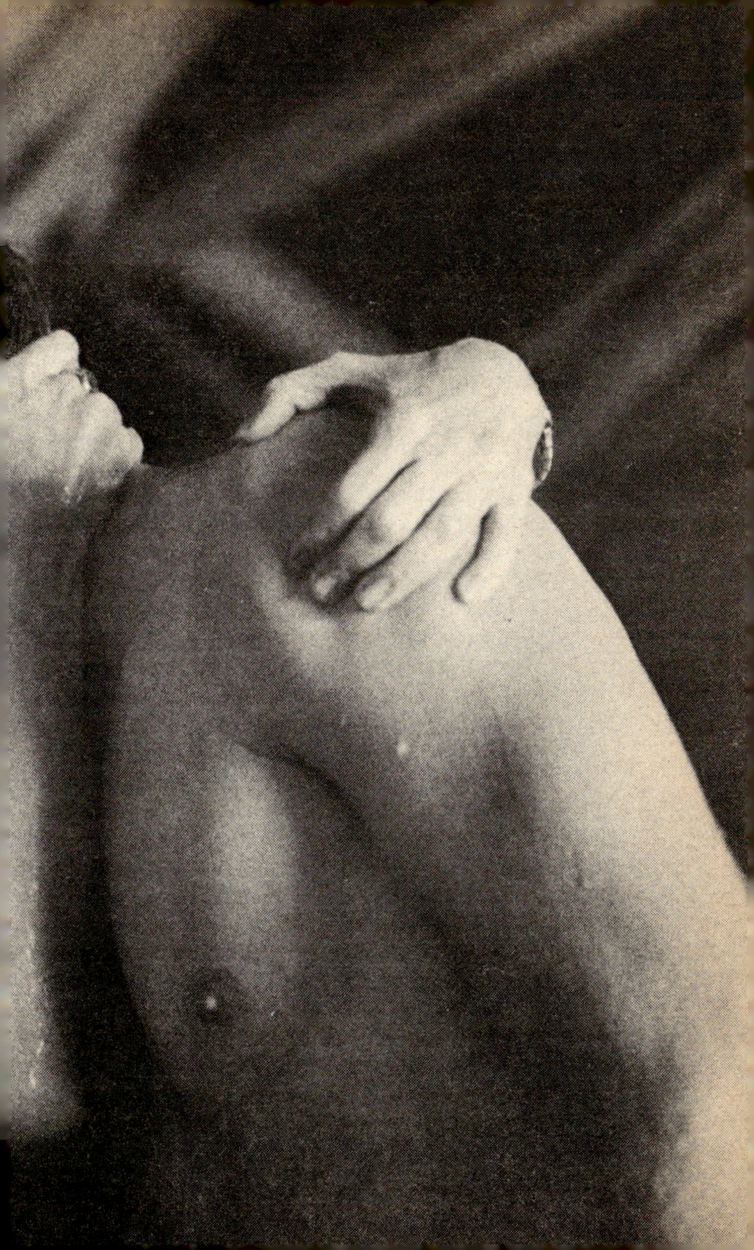

n'y avait plus aucun bruit. Le silence était comme palpable, tangible. Au bout d'un moment, Emily baissa les yeux sur le visage de cendre qui reposait contre sa poitrine. Elle sentait son souffle sur elle et savait donc qu'il était vivant, mais il était manifestement tombé dans le coma. Elle tourna son propre visage ravagé vers la vitre opaque de la salle de contrôle, appelant à l'aide en une imploration muette. Un instant plus tard, Parrish et Rosenberg entrèrent, prirent Jessup inconscient entre les bras de sa femme et l'emportèrent dans la salle de contrôle.

Beacon Hill
mai 1976

Ils habillèrent Jessup et l'emmenèrent chez lui. Son pouls, sa respiration étaient normaux mais il était encore en état de choc. Parrish dut le transporter jusqu'à la voiture. Rosenberg demeura sur place pour nettoyer la salle du caisson. Songeant que, deux semaines seulement auparavant, un singe mystérieux avait été découvert dans la même salle, ils jugèrent bon d'éviter les questions qu'on n'aurait pas manqué de leur poser en s'abstenant de faire appel à l'aide du personnel de service. Rosenberg demeura sur place jusqu'à 4 heures du matin.

Parrish et Emily mirent Jessup au lit, ou plutôt l'installèrent confortablement par-dessus l'édredon et allèrent monter la garde dans la salle de séjour. Parrish se voulait rassurant.

– Tout va bien. Il va probablement dormir un jour ou deux et sera encore dans le brouillard quand il en sortira. Il est bourré de drogues jusqu'aux yeux. Après une expérience psychédélique, il n'est pas rare de demeurer inconscient un jour ou deux.

– Comment peux-tu appeler ça une expérience psychédélique? marmonna Emily en se levant pour aller jeter un coup d'œil dans la chambre à coucher.

Son mari n'avait pas bougé.

– Le cœur est bon, le pouls est bon, la tension est bonne, la respiration est bonne. Je me fais plus de souci pour toi que pour lui.

– Je vais bien, Mason.

Elle allait mal – bien évidemment. Elle avait été inimaginablement secouée. Elle était totalement épuisée. Elle tenta de se reposer. Elle s'enfonçait dans le fauteuil, laissait aller sa tête en arrière contre le dossier puis, brusquement, secouée de frissons spasmodiques, elle se pliait en deux, la tête sur les genoux et sanglotait. Tous ses nerfs étaient à vif. Quand Parrish voulut la réconforter en posant une main sur la sienne, elle eut un sursaut de biche effrayée et se leva d'un bond.

– Avec tous les hommes qu'il y a sur la Terre, s'écria-t-elle, pourquoi a-t-il fallu que j'aille aimer celui-là! Je n'arrive pas à m'en débarrasser! Sais-tu le nombre de types que j'ai essayé d'aimer en un an? Mais rien à faire, ça ne marche pas! Je peux coucher avec n'importe qui, si je n'imagine pas que c'est lui, il ne se passe rien! Je peux manger, me promener avec n'importe qui, la souffrance est toujours là parce que ce n'est pas lui! Je suis possédée! C'est dingue!

– C'est ce que c'est censé être, dit Parrish.

– Mais lui se fout complètement de moi.

– Oh, Emily, tu es la seule chose qui compte vraiment pour lui en dehors de son travail.

Elle se rassit, momentanément calmée, mais la

menace d'une nouvelle explosion hystérique restait entière, imminente.

– Non, Mason, dit-elle. C'est un amoureux de la vérité, un mystique, merde! Jamais je n'ai été réelle pour lui. Jamais rien de l'humaine condition n'a été réel pour lui. Aux yeux d'Eddie, seul ce qui est constant, fixe, immuable, participe de la réalité. Ce qui lui est arrivé cette nuit – c'est ça, l'amour, pour lui. C'était l'orgasme. Il a fini par prendre son pied avec Dieu. Il a fini par embrasser l'Absolu. Il a fini par coucher avec la Vérité. Et, merde, il a bien failli y laisser sa peau!

Elle se leva de nouveau, cédant à l'hystérie et hurla :

– Jamais il ne m'a aimée! Tu le connais aussi bien que moi! Pour lui, nous ne sommes que des petits bouts de matière passagère!

Elle se laissa tomber sur le divan, où elle demeura assise toute raide, les yeux fixés sur le plancher.

– Dis donc, tu es en train de perdre les pédales. Je vais te donner quelque chose, dit Parrish.

Il retourna dans la chambre à coucher où il avait laissé sa trousse noire, s'immobilisa un moment pour regarder la poitrine de Jessup se soulever et s'abaisser régulièrement. Il revint dans la salle de séjour, fouillant dans son sac à la recherche d'un tube de Valium.

– Ça ne va pas te faire dormir, mais ça te calmera un peu. Je vais te chercher de l'eau.

Il partit en direction de la cuisine.

Un peu après 4 heures, Rosenberg arriva. Emily était aux toilettes et Parrish alla lui ouvrir la porte.

– Comment va-t-il? demanda Rosenberg.

– Pareil. Mais elle est dans un état épouvantable.

– Qui ne le serait pas?

– Tu as tout nettoyé?

– Pas qu'un peu. Quel bordel! Ecoute, j'ai tout dans la voiture, les échantillons de sang, de tissu, les films, les bandes. Qu'est-ce que tu veux que j'en fasse?

– Bon Dieu, je n'en sais rien. Mettons les prélèvements au réfrigérateur, ça vaudra mieux.

Emily sortit de la chambre à coucher.

– Il y a de quoi faire des sandwiches et du café dans la cuisine si tu veux quelque chose, Arthur.

– Non, ça va. Et toi, comment te sens-tu?

– Ça ira. J'ai appelé Sylvia pour lui dire de ne pas s'inquiéter pour toi.

– Merci.

Ils allèrent s'asseoir dans la salle de séjour, abattus, silencieux, n'ayant guère à se dire en fait, encore abasourdis par les événements extraordinaires de la nuit. Toutes les lumières de la pièce étaient allumées, la suspension et les deux lampes, mais cela ne parvenait guère à atténuer la sensation ténébreuse qui semblait alourdir l'air autour d'eux. De temps à autre, Emily se levait pour aller jeter un coup d'œil dans la chambre à coucher, mais l'état de Jessup demeurait stationnaire. Elle reprenait place sur son siège, aspirait une gorgée de café, fermait les yeux et tentait de se reposer.

– Ecoutez, dit soudain Rosenberg, il faut que cela soit dit. Ce dont nous avons été témoins, tous les trois, cette nuit, constitue l'un des événements les plus extraordinaires de l'histoire de la science. Je ne sais pas, moi, aussi extraordinaire que la première fois que quelqu'un s'est avisé de regarder dans un microscope pour découvrir que les corps solides n'étaient pas plus solides que le reste. Si mes souvenirs de physique sont bons, c'est ce qu'on appelle une singularité cosmique. Nous sommes arrivés cette nuit au point où les sciences physiques s'effondrent, cessent de s'appliquer. Nous sommes en plein inconnu. En plein voyage stellaire. Cette nuit était une nuit historique – qu'est-ce que nous allons faire?

– Rien du tout, répondit Parrish. J'ai eu une peur bleue, moi, et tout ce que je veux, c'est rentrer chez moi, me coucher, dormir; et, quand je me réveillerai, j'aurai tout oublié.

– Tu as peut-être raison, dit Rosenberg. Nous ferions peut-être mieux d'attendre demain.

Il partit en direction de la cuisine, dans l'intention de s'y confectionner un sandwich au fromage mais il n'avait pas fait trois pas qu'il revint. Manifestement, il était incapable d'en rester là.

– Le caisson a explosé. Ce qui a bien pu se produire à l'intérieur a dégagé suffisamment d'énergie pour faire voler en morceaux un caisson de bois doublé d'aluminium. Je ne sais pas, moi. Il y a peut-être quelque chose à creuser dans cette histoire de déclin radioactif de l'homme. Le déclin de la radioactivité s'accompagne toujours de la perte d'une certaine énergie quantique.

– Pour l'amour du ciel! s'écria Parrish, laissons tomber, nom de Dieu! Je ne veux plus en parler!

– Je ne peux pas m'en empêcher! cria Rosenberg. Tu as peut-être envie de dormir mais moi, pour le moment, j'ai l'impression que je ne vais plus dormir pendant un an! Je suis sur des charbons ardents, nom d'une pipe! J'étais là-bas, en train de passer une serpillière et je voulais savoir – il FAUT que je sache! Tu crois aux forces surnaturelles, Mason?

– Non!

– Alors, ce soir, nous avons été témoins d'un phénomène physique. Un phénomène physique inexplicable – seulement, si c'est un phénomène, il doit être explicable, et je veux trouver l'explication.

Alors laisse-moi parler, bon sang! Laisse-moi me soulager en parlant! J'ai passé trois heures à nettoyer cette saloperie de salle, bon Dieu, et je veux vous dire ce que j'aimerais faire maintenant. Je voudrais prendre une partie du tissu que nous avons prélevé sur Eddie, faire une culture cellulaire, traiter les cellules avec la drogue mexicaine, les soumettre à différents champs de force et voir ce qui se produit. Y aura-t-il un changement de forme? Ensuite, j'aimerais en faire une cristallographie aux rayons X pour voir s'il y aura des changements de structure. Je veux aussi des tests RMN du spin des électrons, pour voir s'il y aura un changement des niveaux d'énergie. Ton pote Sproule pourrait faire tout ça pour nous.

– Qu'est-ce que ça nous apporterait?

– Mais je voudrais définir les limites de cette drogue! brailla Rosenberg. Je suis entièrement d'accord avec Eddie! Je pense que la principale force à l'œuvre ici est la conscience! Seulement, à l'évidence, il y a eu une espèce d'interaction entre la drogue et l'acte conscient! Si nous parvenons à définir les limites de la drogue, nous commencerons à cerner le rôle de la conscience! Tu vois un autre moyen d'isoler la conscience, toi, hein? Tu en vois un autre?

– Arthur, j'en ai jusque-là! Pour moi, ça a assez duré, fous-moi la paix!

– Il faut recommencer l'expérience! Il faut la recommencer avec d'autres sujets humains! Il nous faut sélectionner un groupe-test. On va coller une annonce à l'union des étudiants, sélectionner cinq ou six volontaires! On retourne à la case Départ, avec eux! On augmente progressivement les doses en utilisant les résultats d'Eddie pour établir nos comparaisons. Je te parie qu'on obtiendrait même des crédits! On leur racontera n'importe quelle connerie – tiens! qu'on veut étudier l'action de la drogue sur les reins, n'importe quoi!

– Mais nom de Dieu de merde! beugla Parrish. C'est bien Arthur Rosenberg que j'ai en face de moi? La conscience de la communauté scientifique? Le mec qui n'arrête pas de faire signer des pétitions contre les manipulations génétiques et des condamnations de l'énergie nucléaire? Tu te fous de moi, ou quoi? Le grand moraliste, la science-au-service-du-peuple et tout et tout! Et tu es prêt à essayer ta saloperie sur des innocents! Merde, alors, tu es prêt à faire crever ton meilleur ami pour satisfaire ta petite curiosité à la manque!

– Non mais, à qui crois-tu parler? Qu'est-ce qui te permet de gueuler et de prendre des grands airs? J'ai au moins sur toi l'avantage d'être ouvert à toutes les hypothèses scientifiques, même à celles qui semblent scandaleusement tirées par les cheveux! Ce n'est pas moi qui ai brûlé le peignoir maculé de sang de chèvre! Si je le disais à Eddie, tiens, il te tuerait!

– Cessez de gueuler, je vous en prie! s'écria Emily.

Traversant rapidement la salle de séjour, elle pénétra dans la chambre à coucher, dont elle referma la porte derrière elle. Dans l'obscurité, elle contourna silencieusement le lit et alla près de la fenêtre dont elle leva le store pour se perdre dans la contemplation morne des arrière-cours endormies des immeubles de la rue voisine. Au bout d'un moment, elle se tourna vers son mari. Il avait tourné la tête sur l'oreiller noyé d'ombre grise, ses yeux étaient ouverts et il la regardait. Elle fut un instant pétrifiée par le fait qu'il s'était réveillé, et ils se regardèrent en silence. Puis elle s'agenouilla près du lit et examina son long visage au teint de cendre.

– Comment te sens-tu? demanda-t-elle.
– Lessivé, répondit-il en un murmure à peine audible.
– Tu veux te rendormir?
Il lui fallut un certain temps pour trouver l'énergie de répondre.
– Oui, finit-il par dire.
– Ça ne te dérange pas que Mason te voie un instant?
– Bonne idée, chuchota-t-il.
Ses yeux se fermèrent en un sommeil apparemment reposant. Elle se releva et se dirigeait vers la porte pour aller chercher Parrish quand elle eut l'impression d'entendre son mari faire un vague bruit. Elle se tourna rapidement et, effectivement, constata qu'il tentait de dire quelque chose. Ses lèvres remuaient, mais elle n'entendit rien. Contournant le lit, elle s'agenouilla de nouveau devant lui.
– Excuse-moi, Eddie, dit-elle à voix basse, je ne t'ai pas entendu.
– Je t'aime, Emily, dit-il dans un souffle presque imperceptible.
Elle ne sut trop que penser de cette déclaration et se contenta de lui répondre :
– Je t'aime, Eddie.
Il s'éveilla de nouveau un peu après 6 heures. Le store était resté levé et la lumière du jour, la première lumière grise, filtrait dans la pièce. Froide, elle semblait apporter le répit, la raison, précisant les contours, conférant à toute chose une dimension compréhensible. Le calme qui régnait dans l'appartement était absolu et il sentit qu'on dormait dans la salle de séjour. Au bout d'un moment, il s'assit, laissa glisser ses jambes par-dessus le rebord du lit et se leva. Il était pieds nus, vêtu seulement de son blue-jean et d'un tee-shirt. Il contourna le lit et gagna la porte de la salle de séjour. Parrish et

Rosenberg étaient manifestement partis. Sa femme dormait sur le divan, une longue jambe blanche sortant d'un entortillement de couverture qui avait à moitié glissé sur le plancher, à côté du petit tas de vêtements qu'elle y avait abandonnés – chemisier, blue-jean et tennis. Les stores étaient tirés et elle semblait très blanche dans l'obscurité tranquille. La souffrance tirait ses traits. Son sommeil n'était manifestement pas paisible. Il sentit monter en lui une bouffée de sollicitude pour elle. Il demeura longtemps sur le seuil de la chambre à coucher, perdu dans la contemplation de sa femme. Puis il s'essuya la joue d'un geste machinal du revers de la main et fut tout étonné de découvrir que le spectacle de son épouse l'avait fait pleurer. Il gagna le gros fauteuil capitonné, sur sa droite, et s'y laissa tomber, en face d'elle. Le calme de la pièce endormie l'engloutit.

Elle se tourna dans son sommeil et ce qui lui restait de couverture glissa sur le plancher. Elle se recroquevilla, sentant le froid soudain de sa nudité, même dans son sommeil. Il se leva et traversa la pièce dans l'intention de la recouvrir, mais quand il fut devant elle, pris d'une impulsion subite, il lui souleva la tête, se glissa sur le divan sous elle, la prit dans ses bras et la réchauffa de son corps. Elle frissonna puis, toujours crispée dans le sommeil, se mit à geindre et à pleurer, puis s'accrocha à lui pour fuir la terreur de ses cauchemars. Enfiévrée par quelque sensualité apeurée, avec d'étranges petits cris étranglés, et ruant, reins cambrés, entre ses bras, les joues ruisselantes de larmes, les yeux fermés, elle colla sa bouche contre celle de son mari et la suça, l'aspira avec la rapidité d'un vampire. Resserrant sur elle l'étreinte de ses bras, il lui rendit son baiser. Ce fut un moment passager. Sa tête roula sur la poitrine de son mari et, aussitôt, elle sombra dans un sommeil innocent.

Elle dormit ainsi pendant deux heures, glissant au bout d'un moment de telle sorte que sa tête reposait sur la cuisse de Jessup. Lui, assis sur le divan, les mains posées sur les cuisses, baissait de temps à autre les yeux sur sa femme mais demeura la plupart du temps perdu dans ses pensées. Elle fut finalement réveillée par la sonnerie du téléphone.

– Mon Dieu, soupira-t-elle en se redressant lentement, j'espère que ce n'est pas les petites.

Elle se leva, nue à l'exception de son slip presque invisible, et traversa la pièce de sa démarche souple pour aller décrocher le téléphone. Elle écouta un moment en silence.

– Tout va bien, Arthur. Il va bien. C'est Arthur, annonça-t-elle à Jessup. Tu vas bien?

Il fit oui de la tête, admirant sa tranquille nudité gracile, perchée sur le bras du fauteuil, tentant de sa main libre de mettre un peu d'ordre dans sa chevelure.

– Non, dit-elle d'une voix aimable dans l'appareil, je dormais.

Jessup alla dans la cuisine, et prit deux tasses dans le placard. Il fit réchauffer le café en mangeant un sandwich puis il versa le café dans les deux tasses, en but une et porta l'autre à Emily qu'il trouva vautrée sur le fauteuil, toujours au téléphone.

– Non, je ne sais pas s'il a mangé...

Elle leva les yeux sur Jessup, le remercia d'un sourire pour le café et lui dit :

– Arthur, plus mère poule que jamais, dans la grande tradition juive, demande si tu as mangé quelque chose.

– Oui.

– Arthur, murmura-t-elle dans l'appareil, je te rappellerai quand je serai un peu mieux réveillée. Tout va très bien.

Elle lança un regard à Jessup, qui était retourné s'asseoir dans la pénombre à l'extrémité du divan, le long du mur opposé.

– Tout va très bien?

Il fit signe que oui.

– Tout va très bien, Arthur, je te rappelle tout à l'heure, d'accord?

En raccrochant, elle remarqua la lumière du soleil qui filtrait par les fentes des volets.

– Mon Dieu, quelle heure est-il? Il faudrait que j'appelle les petites. Eddie, tu pourrais m'envoyer cette couverture? Je suis gelée.

– Je t'aime, Emily, dit-il.

– Tu m'as déjà dit ça cette nuit, tu sais.

– Je sais.

– Je crois que ce sont les premières protestations amoureuses que tu m'aies jamais faites sans que je les sollicite.

– Je t'aime. J'aime les petites. Je ne puis te dire l'importance que vous avez pour moi toutes les trois, combien j'ai besoin de vous. Je voulais que tu le saches.

– Et si tu nous revenais, tout simplement?

– Il est trop tard.

Il se pencha pour ramasser la couverture tombée, la lui apporta et la drapa sur elle dans le fauteuil. Elle ne dit rien, tentant de lire quelque chose sur son visage quand il se pencha dans la pénombre. Leurs yeux se croisèrent un instant. Elle crut lire dans les siens de la douleur et peut-être une tendresse à laquelle il ne l'avait pas habituée, en tout cas de la tristesse. Il reprit :

– Je pense qu'il est trop tard. Je ne crois plus pouvoir m'en sortir.

Elle comprit presque ce qu'il avait voulu dire et prit peur. Ce fut un moment d'une intolérable fragilité et elle détourna les yeux de crainte que le seul poids d'un regard pût faire voler en éclats ce qui existait entre eux.

– Je m'y suis entièrement voué, dit-il. Je crois qu'il n'y a aucune porte de sortie. J'avais pensé que je pourrais peut-être brûler tous mes dossiers, toutes mes notes, quelque chose dans ce goût-là.

Il eut un sourire bref, distant, comme s'il avait su lui-même que ses paroles, du moins superficiellement, étaient ridicules. Il ramena la couverture sous les genoux de sa femme et retourna s'asseoir au coin du divan, dans la pénombre, croisa les jambes et fixa le plancher.

Elle finit par se décider à parler :

– C'est un peu moyenâgeux, tu ne crois pas?

– Bah, je suis un peu moyenâgeux moi-même.

– Oui, c'est vrai.

Elle détourna de nouveau les yeux, se creusant la tête pour trouver quelque chose à dire, soucieuse de maintenir ne fût-ce que ce lien entre eux, tout menaçant qu'il était.

– Tu l'entendrais comme une espèce d'exorcisme?

– Oui. Une expulsion des démons. C'est volontairement que j'en fais un acte religieux.

Ils se regardèrent, d'un bout à l'autre de la pièce, séparés par un rayon de soleil. Il se rendait compte que l'aspect soudain religieux de ses paroles l'avait inquiétée. Elle baissa les yeux sur sa tasse de café, se demandant si elle allait parler.

– Ecoute, je n'aurais pas dû aborder le sujet maintenant, c'était idiot, dit-il. Je n'avais pas l'intention de faire apparaître les choses sous un jour aussi moyenâgeux et religieux. Je sais que le côté religieux de ma personnalité t'inquiète. Je crois que ce que je voulais te faire comprendre, c'était que les événements de la nuit dernière relevaient plus de l'expérience religieuse que de l'expérience scientifique.

– Oui, je sais.

– Tu m'as sauvé, dit-il. Tu m'as arraché à l'abîme.

– J'aimerais mieux que tu cesses d'employer toutes ces expressions bibliques.

– D'accord. Ma matière, la matière dont je suis fait, était en train de se transformer en énergie pure, de retourner au néant. Et tu m'as sauvé du néant. Mais ça ne s'arrête pas là, tu vois. Ça continue. Au-delà du néant, il y a quelque chose d'encore plus horrible. Au-delà de l'énergie, au-delà de la science. Ça continue. Ça ne s'arrête jamais.

Il sentit qu'il élevait la voix et il s'interrompit pour se calmer; il ne voulait pas l'effrayer.

– Vois-tu, la matière, l'énergie, notre univers tout entier ne sont pas des absolus. Tous ne sont que des fictions de la conscience humaine. Et il existe d'autres consciences et d'autres univers. Notre espace n'est qu'un parmi une infinité d'autres. Si tu veux savoir ce qui arrive quand une étoile meurt, je puis te le dire – elle est aspirée dans un autre univers, une autre conscience. Et si tu ne m'avais pas pris dans tes bras, si tu ne m'avais pas retenu, c'est ce qui me serait arrivé. De la pure entropie, de la pure folie! De la pure terreur! Comprends-tu donc ce que je veux dire?

– Tu es certain que tu veux en parler maintenant?

– Oh, en parler n'est rien! s'écria-t-il. Mais, bon sang, l'humanité n'a jamais cessé d'en parler depuis le premier jour où un être humain s'est aperçu que la vie n'était pas permanente. Du fond de nos cavernes nous avons spéculé sur les ombres, debout au sommet des montagnes, nous avons écarquillé des yeux ébahis sur l'infinie précision de l'univers. Nous avons eu des visions, nous avons fabriqué des dieux, nous avons sondé, prié, calculé, mesuré, cherché et rêvé. Et pour quoi? Pour quelque chose de plus permanent que la vie humaine. Pour que quelque chose d'immuablement vrai transparaisse derrière la ridicule souffrance humaine, la ridicule vanité humaine, la ridicule avidité humaine, la ridicule sauvagerie humaine. Eh bien voilà, je l'ai trouvé, moi! J'ai découvert la vérité finale qui était le but ultime de l'éternelle chasse au trésor de l'humanité! Je l'ai trouvée, je l'ai touchée du doigt. Je me suis nourri de sa chair et j'ai bu son sang! Je l'ai vue en face et elle est hideuse! Elle est insupportable! La douleur n'est pas descriptible! J'étais dedans, Emily! J'étais au cœur de l'ultime instant de terreur qui est à l'origine de la vie! Je peux te dire ce que c'est! Ce n'est rien! Purement et simplement rien! Le néant hideux! La vérité finale de toute chose est qu'il n'y a pas de vérité finale! La vérité est ce qui est transitoire, passager, fugitif. C'est la vie humaine qui est réelle! La vérité qui est illusoire! La vie est l'unique substance que nous possédions! Je suis vérité; c'est Dieu qui est fiction! Regarde, autour de nous, ici, voilà ce qui est réel! Cela est substance! C'est l'unique vérité qui soit!

Sortant du cône d'ombre où il était resté assis au coin du divan, il vint lentement se placer dans le rayon de lumière qui tombait de la fenêtre et où tourbillonnaient des milliers de grains de poussière.

– Je ne voudrais pas t'effrayer, Emily, mais ce que j'essaie de te faire comprendre, c'est que cet instant de terreur n'est pas un simple concept philosophique pour moi. C'est une horreur réelle, bien vivante, qui grandit en moi en se nourrissant de ma chair et de mon sang. Elle est réelle parce que je l'ai rendue réelle. Ce n'est pas seulement un discours, cela vit. Cela vit en moi. C'est moi. Et l'unique chose qui l'empêche de me dévorer, c'est toi.

– J'ai l'impression que tu es en train d'essayer de me dire que tu m'aimes, dit-elle.

– J'essaie de te dire pourquoi je t'aime. J'essaie de te dire que, sans toi, j'aurais disparu dans une terreur indicible.

– Je crois que c'est pour cela qu'on aime, que tout le monde aime.

– Oh, je t'en prie Emily, ne sombre pas dans la facilité!

– Qu'est-ce que tu racontes! Quelle facilité? Mon Dieu, tu crois donc être le seul à avoir fait l'expérience du désespoir? Le seul à avoir ressenti l'extrême néant de la vie? Nous sommes tous des créatures du désespoir, Eddie! La vie pour nous tous est une fuite devant la terreur indicible! La vie est un acte de foi pour chacun de nous! C'est pour cela que nous nous aimons! C'est le seul acte de foi dont la plupart d'entre nous sont capables! En tout cas, c'est le seul acte de foi dont je sois capable.

– Ce que je voudrais te faire comprendre, Emily, dit-il, c'est que le désespoir n'est plus une simple question spirituelle pour moi. C'est un démon tangible en moi et il faut que je l'en arrache.

– Et c'est pour cela que tu veux brûler tes dossiers.

– Oui.

Elle se leva, s'enveloppant de la couverture, glacée malgré le rayon de soleil qui allait en s'élargissant de plus en plus à travers la pièce.

– Pour faire pénitence? Un acte de contrition? Ton petit autodafé personnel? Tu vas abandonner tes recherches, est-ce là ce que cet acte est censé symboliser? Tu n'empiéteras plus sur les mystères interdits. Le sorcier repenti. Mais bon Dieu, Eddie, tu crois vraiment qu'après ce qui s'est passé la nuit dernière tu vas tout laisser tomber, renoncer au travail d'une vie, passer le restant de tes jours avec Milton Mitgang à farfouiller dans les urines des schizophrènes pour noter leur taux d'adrénaline? Tu crois vraiment que l'esprit extraordinaire que tu possèdes ne va pas commencer à se demander pourquoi cela s'est produit, comment cela s'est produit, si cela s'est produit? Si ce qui s'est produit la nuit dernière s'est bel et bien produit, alors, crois-moi, tu ne fais que commencer! Tu viens peut-être de modifier toutes nos conceptions du temps et de l'espace, notre conception de la nature même de la réalité! Tu es un chercheur remarquable! Tu comptes peut-être au nombre des grands visionnaires! Newton! Darwin! Einstein! N'est-ce pas ce que tu me disais toi-même? Tu viens de mettre au jour une immense énigme et rien en ce monde ni en aucun autre ne t'empêchera de l'étudier jusque dans ses moindres détails! Tu n'y peux rien, Eddie, tu es ainsi fait!

– Je ne pourrais pas vivre avec cette douleur, Emily, elle est insupportable!

– Tous, nous vivons avec elle. Cette insupportable terreur est ce qui fait de nous des créatures si singulières. Nous nous cachons pour lui échapper, nous y succombons et, la plupart du temps, nous la défions. Nous érigeons de petites constructions fragiles pour l'empêcher de pénétrer jusqu'à nous. Nous aimons, nous élevons une famille, nous travaillons, nous tissons des liens d'amitié. Nous écrivons des poèmes, nous peignons des tableaux, nous bâtissons de belles choses. Nous fabriquons notre propre univers, notre propre vérité, nous croyons en notre réalité propre. Et puis, de temps à autre, on voit surgir quelqu'un comme toi qui décide d'aller la défier face à face. Des hommes passionnés. Des poètes, des philosophes, des saints et des savants. Tu es un homme de passion, Eddie, un homme extraordinairement passionné. Pourquoi donc crois-tu que je t'aime tant?

– Ecoute-moi bien, Emily. Ce qui m'est arrivé hier soir peut m'arriver n'importe quand – en ce moment même, oui, maintenant, pendant que je te parle. Cette drogue que j'ai utilisée doit posséder un facteur de latence. J'ignore quelle quantité s'en est accumulée dans le noyau des cellules de mon système limbique. Peut-être même est-elle capable de se perpétuer. Le potentiel chimique est présent. J'ai atteint la masse critique. N'importe quel acte de conscience pourrait déclencher la réaction. Parce que l'acte de conscience qui s'est manifesté la nuit dernière est aussi présent, aussi enraciné en moi que la drogue elle-même. Alors, je te dis que cela pourrait m'arriver n'importe quand.

Elle constata avec effarement qu'il s'était mis à pleurer.

– Oh, mon Dieu! s'écria-t-il. Je regrette d'avoir abordé ce sujet, je regrette vraiment. Ce n'était pas ce que je voulais te dire. Tout ce que je voulais te dire ce matin, c'est que je t'aime. Je voulais seulement te rendre heureuse ce matin. Je te trouve merveilleuse, Emily. Et je voulais seulement te le faire savoir. Mais il est trop tard, tu vois.

Il leva lentement son bras droit et le tendit vers elle pour le lui faire voir. La vive lumière du soleil le blanchissait, lui faisait prendre une pâleur sépulcrale. Un renflement de substance protoplasmique remontait lentement le long de son bras, sous la peau, comme une taupe. Un instant, elle écarquilla les yeux, abasourdie. Elle sentit, puis elle entendit un bourdonnement, un affreux vrombissement, la palpitation sonore de l'énergie primitive qu'elle avait entendue dans la salle du caisson la nuit précédente.

– Ne te laisse pas faire, Eddie! hurla-t-elle.

Défends-toi! Ce que tu as rendu réel, il ne dépend que de toi de le rendre irréel. Si tu m'aimes, Eddie, relève le défi!

Il versait désormais des larmes d'impuissance qui ruisselaient sur ses joues devenues luisantes. Tout son corps se mit à vibrer, à craquer et à se tordre comme si des forces intérieures s'apprêtaient à en traverser la surface. Il se mit à changer rapidement de forme, revêtant tantôt l'aspect d'un être reconnaissable, tantôt celui d'un monstre inconnu. Il semblait aussi dépourvu de substance qu'une photographie, une illusion projetée sur un écran, un kaléidoscope démentiel d'images instantanées, mouvantes, transparentes, qui se succédaient à toute vitesse dans le grand rayon de soleil. Le hideux vrombissement s'était fait insupportablement pénétrant. Elle crispa les mains sur ses oreilles pour tenter d'oublier ce bruit et ferma les yeux parce qu'elle n'aurait pas supporté d'en voir plus. Quand elle les rouvrit, l'image flottante, vite évanouie, de son mari, tendait les bras vers elle pour l'appeler au secours. Mais elle demeura pétrifiée, totalement immobile. Les bras devinrent deux moignons. Elle parvint enfin à pousser une espèce de soupir sifflant à la suite duquel elle articula :

– Si tu m'aimes, Eddie!

Elle sentit quelque chose exploser en elle, une espèce de terreur silencieuse, de douleur sans douleur, et elle crispa les mains sur son ventre, laissant tomber la couverture qui entourait ses épaules à ses pieds sur le plancher. Elle sut ce qui allait arriver avant même de baisser les yeux sur ses bras qui avaient commencé à bourgeonner, à enfler et à se décolorer. Une fente déchiquetée apparut sur son avant-bras et s'étendit en un éclair à son bras entier comme s'il se coupait en deux. Ainsi la terreur était-elle incarnée pour elle aussi désormais. Elle se contraignit à lever lentement le bras pour que son mari pût le voir. Ce n'était plus qu'un moignon et ce moignon même semblait se désintégrer, perdre tout contour pour se mêler aux vibrations qui parcouraient l'air environnant. Elle était en train de brûler vive. Elle sentit un choc sourd sous son crâne, au-dessus des yeux, une horrible flamme rouge jaillit en elle. Elle ne voyait plus. Elle n'avait plus d'yeux, ni de bouche pour hurler. Elle savait qu'elle était en route pour la désolation finale, polaire, sans vie.

Elle crut entendre un hurlement, l'écho d'un hurlement à des années-lumière de distance dans la noirceur ultime, pas tout à fait un hurlement peut-être, plutôt un rugissement de rage, la fureur d'un animal enragé. La forme humaine de son mari, apparaissant et disparaissant dans la succession folle de toutes ses autres formes, tentait de se réaffirmer. Il la dévisageait debout, entièrement nu, aussi immobile, aussi parfaitement blanc qu'une statue de marbre. Puis, avec un effort extraordinaire, il se mit en marche vers elle, forçant l'humanité à revenir en lui. Un pas, deux, il tendit ses bras et tout son corps pour enlacer l'antimatière amorphe qu'était devenue Emily. Elle sentit gonfler en elle un raz de marée d'émotions qui la submergea tout entière, une joie ineffable.

Et brusquement, abruptement, ce fut fini. Le vrombissement, la folle succession des formes, tout ce moment fracassant avait cessé d'exister. Ils étaient debout au milieu de la pièce, un mince homme blond de trente-sept ans avec un petit début de calvitie mais qui ressemblait à un gamin, pour l'instant, pieds nus dans son jean et son tee-shirt, souriant, apparemment souriant en tout cas, et une gracieuse jeune femme nue et élancée, qui pressait son visage contre le corps réel de son mari, entourait désespérément de ses bras sa taille réelle – un couple vivant de jeunes êtres humains enlacés dans la blanche lumière du soleil, au milieu de leur salle de séjour.

Editions J'ai Lu, 31, rue de Tournon, 75006 Paris

diffusion
France et étranger : Flammarion, Paris
Suisse : Office du Livre, Fribourg
Canada : Flammarion Ltée, Montréal

Achevé d'imprimer sur les presses de l'imprimerie Brodard et Taupin
7, Bd Romain-Rolland, Montrouge. Usine de La Flèche,
le 13 octobre 1981
6075-5 Dépôt Légal 4e trimestre 1981. ISBN : 2 - 277 - 21232 - 6
Imprimé en France